Jumfer Lene vun Süderwatt

Klaus-Peter Asmussen, geboren 1946 in Handewitt, wuchs mit plattdeutscher Muttersprache auf. Nach Abitur am Alten Gymnasium, Flensburg, und sechssemestrigem Studium an der damaligen Pädagogischen Hochschule Flensburg trat er in den Schuldienst ein und war zunächst sechs Jahre lang als Grund- und Hauptschullehrer in Dithmarschen tätig. Ab 1976 arbeitete er als Realschullehrer für Englisch und Dänisch in Tarp, Kreis Schleswig-Flensburg, bis er 2010 in den Ruhestand trat. 2007 veröffentlichte er bei BoD – Books on Demand „Planten un Blomen", ein „Wörterbuch schleswig-holsteinischer Pflanzennamen" (ISBN 978-3-8334-8589-3). Seit 2005 befasst er sich mit dem Übertragen von Märchen unterschiedlichster Provenienz in die plattdeutsche Sprache und Kultur. Sein hier vorgelegtes fünfzehntes Märchenbuch enthält Geschichten aus verschiedenen europäischen Regionen. Klaus-Peter Asmussen wohnt heute in seinem Geburtshaus in Langberg, Gemeinde Handewitt.

Klaus-Peter Asmussen

Jumfer Lene
vun Süderwatt

un anner Märkens,
nü vertellt up Sleswigsche Geestplatt

Märkens up Platt # 15

© 2018 Klaus-Peter Asmussen

Herstellung und Verlag:

BoD – Books on Demand, Norderstedt

ISBN 9783748101864

Wat in düt Book insteiht

Jumfer Lene vun Süderwatt

Dar is mal en Buer we'n, de hett dree Soehns hatt.
De öllste hett Peter heeten, de tweete Paul, un de
drütte Krischan. Peter un Paul sünd en paar frische,
plietsche Bengels we'n. Se hebben hör'n kunnt un
seh'n, lachen un weenen, plögen un sei'n, eggen un
meih'n, un se's Vadder hett vel guut hatt vun se.
Man de jüngste is en stakkelige Tüffel un to nix to
bruken we'n. Seggt hett he nie nich wat, he is rum-
gahn as in Slaap, oder he hett bi de Füerstä' legen
un in'e Asch raakt. Darum hebben se em Krischan
Aschpoesel nöömt.

Dat is en gude Hoff we'n mit rieke Feller un gröne
Wischen; man merrn in hett dar en Stück Heideland
legen, dar hebben se nix mit anfangen kunnt. Vull
vun grote Steens is dat we'n un ganz mit Heidekruut
bewussen. Krischan hett geern dar buten legen, rup-
gluupt na de Wulken un dröömt. Man Peter un Paul
hebben nich up dat dare Stück kieken mucht, wat
dar blots so rumlegen hett, un darum fragen se se's
Vadder, um se dörven dat torechtmaken. Dat kunn
sik lohnen, seggen se, denn dat is ja eegens gude
Land. Se's Vadder gifft se uck richtig Verlööv. Dar
geiht ja woll so'n ole Snack, dat dat dare Stück Land
de Ünnereerdschen tohört, man dat is ja man so'n
ole Höhnergloven, dar schall een nix up geven.

Do gahn Peter un Paul denn bi. Se kriegen de Steens
rutwöhlt, un se kriegen dat plöögt un inseit. Weeten
sei'n se up'e nüe Acker. De kümmt uck fein up un
steiht guut de Winter oever, un dat neegste Fröhjahr
wasst 'n, dat is gar nich to seggen. De steiht so fein,
dar kann keen anner vun se's Feller an ticken — bet
Jehanni. Man denn is dat miteens vörbi mit de Herr-

lichkeit, denn jüst in'e Mittsommernacht geiht de heele Kraam to'n Deuvel, un dat up en ganz gediegene Aart. Dat heele Feld is daltrampt, elkeen Halm is knickt, dat dat Koorn nich wedder hoochkamen kann. Keeneen kann verstahn, wodennig dat togahn is. Man dar blifft nix na as plögen dat Feld um, un denn ward dat in Gras leggt.

Dat neegste Fröjahr steiht dar högere un feinere Gras up dat Feld as jichens annerwegens up se's Wischen. Man dat geiht wedder as vörher: In'e Mittsommernacht ward all dat Gras dalpedd't, jüst as dat meiht warrn schall. Sodennig kriegen se dat Jahr wedder nix vun dat dare Feld. Do ward dat umplöögt un liggt de Winter oever braak, man dat neegste Fröhjahr ward dat inseit mit Flass. Dat kümmt fein up, un vör Jehanni steiht dat Flass in Blööt. Dat süht fein ut, un Peter un Paul freu'n sik. Man se koenen dat ja noch denken, wodennig dat de anner beide Jahren gahn hett, un do warrn se sik eenig, een vun se schall Mittsommernacht dar buten Wach holen, dat se sehn, um dar wedder een dat Feld toschannen maakt. Dat will Peter as de öllste sik geern oevernehmen. He is en starke, rische Bengel, un he nimmt sik en degte Knüppel mit un sett sik dar buten dal bi de grote Bunk Steens, de he sülven mit tohopenslept hett, as se dat Feld uprüümt hebben.

Dat is en feine, klare un stille Sommeravend. Peter will sik ja waak holen, man denn slöppt he doch in. He ward eerst waak, do is dat even vör Middernacht, un do gifft dat en gresige Larm un Brusen in'e Luft, un de Grund bevert ünner em. As he rupkickt na de Heven, do is de koehlswatt wurrn, un merrn ut dat Swatte kümmt dar wat, dat is lüchten root un süht ut as en glöhnige Draak. Do ward Peter so bang', he

8

nimmt de Beens ünner de Arm un löppt all, wat he kann, na Huus na de Hoff.

Aver Gewitter gifft dat de Nacht doch nich. Man as se de neegste Morrn rutkamen un kieken na dat Flassfeld, do is dat heel un deel daltrampt, un dat is allens in'e Mors. Dar argern se sik all oever, an dullsten Paul. He seggt, Peter hett sik upföhrt as so'n Bangbüx un is weglapen vun sin Posten, un bi dat is he nich wies wurrn, wokeen dat is, de se elkeen Jahr so'n Schaden maakt.

Dat neegste Jahr sei'n se Gassen up dat dare Feld, un de steiht so fein, as een sik dat man wünschen kann, bet Jehanniavend. Do will Paul denn rut un Wach holen. He kümmt uck hen na de Steenhupen un will sik waak holen. Man he fallt uck in Slaap un ward eerst waak to Middernacht, do hört he Larm un Brusen in'e Luft un markt, wo de Grund ünner em bevert. De Heven is pickswatt wurrn, un he süht de glöhnige Draak an'e Heven ümmer dichter kamen. Denn ward dat heele Feld up un dal gahn as so'n Laken, un dat summt un brummt in sin Ohren, dar ward he heel doesig vun. Do hollt he dat uck nich mehr ut, he rönnt weg un is man froh, he kümmt mit heele Fell na Huus. Man de neegste Morrn seh'n se, de Gassen is heel un deel daltrampt, dat Feld is so platt as en Stuvendel.

Nu hett nich Peter un nich Paul noch Lust un bruken se's Knoev för dat dare Stück Heid, un dat neegste Fröhjahr wasst dar blots noch, wat dar vun alleen upkümmt an Gras un Blöme. Dar sünd witte Preesterkragens[1], blaue Koornblöme un rode Mahn-

---

[1] Preesterkragen = Margerite

9

blöme, un dat Heidekruut waagt sik uck wedder rut.
Dat hett rundum an'e Gravenkanten luert, so lang'
as de Bröder dat so hild hatt hebben mit Ploog un
Egg. Nu is dar keen mehr, de sik um dat dare Feld
kümmern deit, bet up Krischan. Em gefallt dat düt
Jahr beter as de Sommers vörher, un he liggt wedder
faken dar buten un gluupt rup na de Wulken.

As denn de Jehanniavend kümmt, sliekert he sik
jüst so still dar rut. He hett de mehrste Deel vun'e
Dag slapen, denn to Nacht will he waak we'n un
seh'n, wat dat is, wat dar elkeen Mittsommernacht
togangen is, um dat nu Ünnereerdschen sünd oder
wat anners. Günt bi de Steenhupen steiht en hoge
Boom. Dat is en ole Esch, de steiht dar al en paar
hunnert Jahr, un de hebben de Bröder uck stahn
laten, as se de Heid umbraken hebben, denn de
steiht an'e Kant, un bi de Wuddeln liggen wecken
vun de gröttste Steens. Do hebben se all de anner
Steens dar henslept, un nu steiht de Boom merrn in
en grote Steenhupen. Up de dare Boom klarrt Kri-
schan nu rup un sitt dar denn musenstill un hollt sik
waak bet Middernacht.

Do hört he uck en Susen un Brusen, de heele Luft is
dar vull vun, un he süht, wo de Heven swatt ward,
as wenn dar en dicke Vörhang ganz oever 'n roever-
trocken ward. Un an'e swatte Heven süht he en rode
Schien, de kümmt neeger un neeger un süht ut as en
glöhnige Draak mit dree Köppe un dree lange Steer-
ten. Denn ward de Storm duller, un dar geiht en
Küselwind liek dal up'e Acker un mahlt dar rum un
brickt elkeen Stilk un elkeen Halm, as wenn se
plattpedd't warrn. De ole Esch sleit mit de Telgens
un de ole Stamm wackelt, Krischan mutt sik düchtig
fastklammern, dat de Küselwind em nich mitnimmt.

10

Man denn mitmal ward dat still. De Heven ward wedder klaar, un statts de glöhnige Draak mit de dree Köppe süht Krischan nu so wat as dree grote, witte Swaans. As se neeger kamen, süht he, dat sünd dree Fruunslüüd in Fedderkleeder mit grote, witte Flünken un flattern Sleiers. Se gahn dal up'e Eerde liek bi de Esch, 'nem he in sitten deit, un dar trecken se se's Fedderkleeder ut un laten se nedden bi de Boom liggen. Denn lopen se rut up'e Acker, un dar gahn se denn bi un singen un danzen in'e Runne, wieldes se sik bi de Hänne holen. So'n feine Singen hett Krischan sin Levdag noch nich hört, un he hett noch nie nich so wat Smuckes sehn as de dare dree Deerns in se's witte Kleeder un mit gollne Kronen up'e Kopp.

Lang' sitt he heel still up'e Boom un freut sik to dat feine Bild. He is bang' un roegen sik un jagen de smucke Swanenprinzessinnen weg. Man as se en beten vun em weg danzen, rutscht he dal vun'e Boom, sammelt gau se's Fedderkleeder tohopen un klarrt dar wedder rup up'e Boom mit. De dree Prinzessinnen hebben dar nix vun mitkregen; se blieven bi un singen un danzen bet dree Stunnen na Middernacht.

Denn kamen se wedder hen na de Boom un woe'n se's Fedderkleeder antrecken. Man de sünd weg. De dree Prinzessinnen lopen unruhig rum un söken un söken. Toletzt warrn se de Bengel dar baven up'e Boom wies. Do snacken se em an un seggen, dat is he doch sachs we'n, de se's Fedderkleeder nahmen hett, un se be'en em ganz dull, he schall se se doch blots weddergeven. Anners sünd se verlaren, seggen se. Un se weenen un be'en so dull un seggen, se woe'n em so vel Gold un Sülver geven, dat he rieker is as

11

de König. Man Krischan sitt baven up'e Boom un kickt se blot an. Wat sünd se doch all dree mal smuck! Denn seggt he, se kriegen se's Fedderkleeder blots wedder, wenn een vun se em toseggen will un warrn sin Fruu. Oh nee, seggt de eerste. Kümmt nich in'e Tüüt, seggt de tweete. Man de drütte, de jüngste, de seggt ja, man denn schall he uck herkamen mit se's Fedderkleeder.

Do kümmt Krischan dal vun'e Boom un gifft de beide annern se's, man de jüngste Prinzessin kriggt ehr Fedderkleed nich, ehrer se em ehr Hand geven hett un en Söten un hett en Ring an sin Finger staken un toseggt, se will neegste Mittsommer kamen un Hochtied maken mit em. Se sünd dree Königsdöchter, vertellt se Krischan, un se sünd upwussen up en Slott, dat hett mal dar up'e dare Plack stahn. Man vör lange, lange Tied sünd se wegslept wurrn vun en leege Hex, de hollt se inspunnt teindusend Mielen vun dar. Blots elk Mittsommernacht hebben se Verlööv un fleegen dar hen un besöken se's ole Tohuus. Man nu mutt Krischan dar up'e Plack en Slott buun, 'nem se's Hochtied holen warrn kann. Dat mutt allens königlich inricht't we'n, un he kann so vel Gäste inladen, as he will, blots nich de König vun dat dare Land. Geld to buu'n hett he nugg, seggt se, he mutt blots en Twieg vun de dare Boom afbreken, 'nem he up seten hett, un dar an'e gröttste Steen dar ünner mit slaan un seggen: „För Jumfer Lene vun Süderwatt!" Denn wöltert de Steen sik vun alleen up'e Siet, un dar ünner finnt he denn allens, wat he bruukt. Mit en Slag vun'e Eschentwieg un de dare Wöör kann he sin Schatzkamer up- un tomaken so faken, as he will. Denn seggt se adjüs, treckt ehr Fedderkleed an – dat hebben de annern al vörher daan – un denn swingen se sik hooch mit se's grote Flünken, höger un höger rup as dree witte Swaans, un bald sünd se nich mehr to seh'n. Un in'e sülve Ogenlick fallt de eerste Sünnenstrahl up'e Acker.

Lang' steiht Krischan dar un gluupt se achterna, heel doesig in'e Kopp vun all dat, wat he belevt hett. Upletzt ritt he sik los, brickt sik en Twieg vun'e Esch, sleit dar up'e Steen mit un seggt: „För Jumfer Lene vun Süderwatt!" Foorts wöltert de Steen sik rum, un dar ünner is en Ingang na en Schatzkamer, vull mit Gold- un Sülvergeld, Eddelsteens un kostbare Keden un Ringen, un uck Drinkhoorns, Goldtellern un Lüchters un allens, wat to en königliche Tafel hören deit. Krischan nimmt so vel Gold- un Sülvergeld, as he drägen kann, denn sleit he wedder up'e Steen un seggt desülve Wöör, un denn geiht he na Huus na sin Vadder sin Hoff.

Sin Vadder un sin Bröder harrn em meist nich wedderkennt. He is nich mehr desülve Minsch, as he de dare Morrn rinkümmt, so risch un rank, de Haar ut't Gesicht streken un mit funkeln Ogen. Denn seggt he to se, he weet nu, wat de letzte Jahren dat dare Feld toschannen maakt hett. Man nu schall dat nich wedder plöögt warrn, dar schall nu en Slott buut warrn, un up dat dare Slott schall neegste Mittsommeravend sin Hochtied fiert warrn. Eerst meenen se, nu is he heel un deel dördreiht. Man as se all dat Gold un Sülver wies warrn, wat he mitbröcht hett, do kamen se up anner Gedanken un laten em doon un maken, as he dat will.

Denn haalt he Steenhauers un Timmerlüüd, Muerlüüd un Dischers tohopen, un he sett en Buumeister oever dat Ganze un seggt to em, dar schall en königliche Slott buut warrn, un dat schall ferdig we'n, ehrer een Jahr rum is. He gifft de Buumeister so vel Geld, as he hebben will; dar is ja nugg un nehmen vun in sin Schatzkamer. Un denn kriegen se dat hild mit Äx un Saag, mit Hoevel un Hamer, mit Maatband un Muerkell. Un to Maidag is dat Slott ferdig mit Taarns un Tinnen, mit Kopperdack un gollne Floegels. Un denn lett he to Hochtied laden, de Lüüd ut't Dörp un all de kennte Lüüd ut'e heele Harr[1].

Dar is ja ornlich snackt wurrn vun de dare Buu, un dar ward ja nich minner snackt vun de Hochtied, de to Mittsommeravend up dat Slott fiert warrn schall. Man wo de Lüüd an meisten scharp up sünd, dat is un kriegen to weeten, wokeen de Bruut is; dar is ja keeneen, de weet, wo se heeten deit. Do dröppt sik dat mal een Dag kort för Mittsommer, as all de Gäste al inladen sünd, dat Krischan sin Vadder de König bemött. De is en beten utreden un hett de Weg an dat nüe Slott vörbi leggt, 'nem he so vel vun hört hett. De Buer nimmt ja de Hoot af vör de König, un de König grötet wedder un seggt, he hett ja vun de grote Hochtied hört, de he för sin jüngste Soehn utrichten deit. Em wull he geern mal kennenlehrn, seggt he, em un sin junge Bruut. Tja, do dücht de Buer, he kann nich guut anners as seggen, dat weer en grote Ehr för em, wenn de König sülven to Hochtied kamen wull. Velen Dank, seggt de König, dat will he geern, un denn ritt he wieder.

De Hochtiedsdag kümmt, de Gäste kamen, un de König kümmt uck. Krischan is dar, man de Bruut is dar noch nich. Do warrn de Lüüd swiestern, dat is

---

[1] Harr = Harde, alte Verwaltungseinheit in Dänemark und Schleswig.

14

sachs nich ganz richtig: De dare Bruut hett Krischan sachs man dröömt un sik dar denn vun slapen. As de Sünn dalgeiht, geiht Krischan rut vör't Slott un kickt in de Luft. Na, seggen de Lüüd, schall se vun dar kamen? Ja, denn is se sachs nix as een vun de Fleegen, de Krischan in'e Kopp hatt hett. Man Krischan is heel ruhig; he hett en Flock Swaans oever de Heven fleegen sehn, un do weet he, se is neeg bi. Un foorts darna rullt dar en feine gollne Kutsch mit söss Schimmels vör an'e Trepp ran. Krischan springt an'e Kutschdör: Dar sitt de Bruut strahlen smuck. Man dat eerste, wat se seggt is, um de König dar is. Ja, seggt Krischan, man he hett em nich inladen, he hett sik sülven inladen. Helpt nix, seggt de Bruut, wenn se dar vundaag as Bruut steiht, denn is de König ehr Brüdigam, Krischan verleert sin Leven, un se ward unglücklich, denn se will *em* hebben un keen anner. Nu mutt Krischan na ehr henkamen, wenn he kann, un dat ehrer een Jahr um is, anners is dat to laat. Se wahnt teindusend Mielen vun dar up dat Slott süden de Sünn, westen de Maand un merrn in'e Welt. As se dat seggt hett, fahrt se af in susen Fahrt, un en beten later süht Krischan de Swanenflock na de Heven upstiegen un mang de Wulken verswinnen.

Do nimmt Krischan de Stock in'e Hand un maakt sik up'e Padd rut in'e wiede Welt för un söken ehr. He geiht liekut na Süden, un he geiht Daag un Wuchen, un allerwegens, 'nem he henkümmt, fraagt he, um keeneen dat dare Slott kennt; man dar is keen, de dar mal wat vun hört hett. Do kümmt he toletzt mal in en Holt na en paar grote, grimmige Riesen, de sünd bi un hau'n sik. Krischan snackt se an un fraagt, um wat se sik denn hau'n. Se hau'n sik um en ole Hoot, de liggt dar an'e Grund: Se's Vadder is doot, un nu schoe'n se dat Arv deelen, man de dare Hoot kann een ja nich deelen. De is ja uck nix weert, seggt Krischan. Doch, seggen de Riesen, dat is ja keen gewöhnliche Hoot, denn de 'n uphett, de is nich to seh'n; darför woe'n se 'n beide hebben. Un denn kriegen se sik wedder bi de Flicken. „Ja, denn maak I man wieder, bet I ju eenig warrn", seggt Krischan. Denn snappt he sik de Hoot, sett 'n up'e Kopp un glitt sik af.

As he en Tiedlang gahn is, kümmt he wedder na en paar Riesen, de strieden sik, dat is rein gresig. Se schoe'n uck dat Arv vun se's Vadder deelen: Dat is en Paar ole Steveln, man 'keen de anhett, oeverwinnt mit een Schritt hunnert Mielen; darför woe'n se de all beid hebben. Krischan snackt en beten mit se, un as he hört, wat dar los is, raad't he se, se schoe'n doch um'e Wett lopen. He will en Steen smieten, seggt he, dar schoe'n se na lopen, un de toeerst kümmt, de kriggt de Steveln. Dar sünd se mit inver-stahn, Krischan smitt de Steen, un se lopen afste'. Wieldes treckt Krischan de Steveln an, un denn maakt he een Schritt un is foorts hunnert Mielen wied weg.

Dar sünd wedder wecke Riesen, de sünd uck bi un hau'n sik um dat Arv na se's Vadder, dat lett sik nich deelen, un beid woe'n se dat hebben. Dat is en ole, rustige Klappmess. Man dat hett de Eegenaart, ver-tellen se, wenn een dat upklappt un wiest dar na een mit, denn fallt de doot um; un klappt man dat denn wedder tohopen un tickt de Dode an, denn so ward de wedder lebennig. Se schoe'n em dat Mess doch mal seh'n laten seggt Krischan, em fallt wiss wat in; he hett al fröher hulpen un leggen so'n Aart Striet bi. As he dat Mess denn in'e Hand kriggt, mutt he dat ja

16

utprobeern, un he klappt dat up un richt't dat up'e Riesen. Do fallen de doot um. Kiek, röppt Krischan, dat stimmt! Denn klappt he dat Mess wedder tohopen un tickt de beide Riesen an, un foorts warrn se wedder lebennig. Man Krischan stickt dat Mess in'e Tasch, sett de Unsichtbarkeitshoot up un glitt sik af. Un mit de eerste Schritt is he al hunnert Mielen weg.

Krischan geiht wieder bet hen to Avend, do kümmt he na en lütte Kaat, de liggt merrn in en wille Holt. Dar huust en ole Fruunsminsch. Se is so oold, dar wasst al Moss up ehr. Krischan bütt ehr fründlich de Dagstied un fraagt, um se em nich seggen kann, wonem dat Slott is, dat Süden de Sünn, westen de Maand un merrn in'e Welt liggt. Nee, seggt se, vun dat Slott hett se noch nie nich wat hört. Man se regeert oever all de Deerten up't Feld, un nu will se de tosamenropen un se mal fragen, um een vun se dat weet. Denn puustet se mal in ehr lütte Fleut, un do kamen all Slag'en wille Deerten an. Se kamen in vulle Fahrt ansuust, bet up'e Voss, de kümmt achterran dammelt, un he hett slechte Luun, denn he is jüst bi we'n un snappen sik en Goos, do hett he de Fleut hört un hett afste' musst. Man nich de Voss un uck keen vun de anner Deerten weet wat vun dat dare Slott. Tja, seggt de Oolsch, denn mutt he na ehr Süster gahn, de regeert all de Fisch in'e See. Se wahnt dreehunnert Mielen weg, un de Voss, de toletzt kamen is, de kann em de Weg wiesen.

Dat duert nich lang', do kümmt Krischan hen na de Oolsch, de all de Fisch in'e See regeert. Man se hett noch nie nich wat hört vun dat dare Slott. Un mang all de Fisch, de se mit ehr lütte Fleut tohopenröppt, is uck keen, de jichens mal so wied kamen is. Denn

17

mutt he na ehr Süster gahn, seggt de Oolsch to Kri-
schan, de regeert all de Vageln ünner de Heven.
Kann se em nich helpen, denn so kann dat keeneen.
Se wahnt dreehunnert Mielen vun dar liek na Süden
up en hoge Barg, de kann he nich verfehlen, seggt se.

Krischan maakt sik denn wedder up'e Padd, un nich
lang', do kümmt he na de Vagelbarg. De Oolsch, de
dar wahnt, hett noch nie nich wat hört vun dat Slott
süden de Sünn, westen de Maand un merrn in'e
Welt. Man se puust't mal in ehr lütte Fleut, un do
kamen all de Vageln ansuust ut all Ecken vun'e
Welt. Se fraagt um se dat dare Slott kennen, man
dar is nich een mang se, de mal so wied kamen is.
Ja, man de ole Adler is ja gar nich dar, seggt de
Oolsch un puust't nochmal in ehr Fleut. Do kümmt
de ole Adler upletzt anflagen un sett sik baven up en
Boom. Wonem he herkümmt, fraagt de Oolsch; he
hett sin Leven verbraken[1], denn he is to laat kamen.
He kümmt vun dat Slott süden de Sünn, westen de
Maand un merrn in'e Welt, seggt he, dar hett he en
Nest mit Jungen, un de hett he eerst passen musst,
ehrer he hett afste' fleegen kunnt. Do seggt de
Oolsch, he dörv sin Leven beholen, wenn he Kri-
schan na dat dare Slott henbringen kann. Ja, meent
de Adler, dat geiht sachs, wenn 'n sik de Nacht oever
utruh'n dörv.

De neegste Morrn sett Krischan sik bi de Adler up'e
Rügg, un denn flüggt 'n mit em hooch in'e Luft un
rut oever de wille See. As se wat flagen sünd, fraagt
de Vagel Krischan, um he vörut wat seh'n kann. He
süht en grote, swatte Wand liek vör se, seggt Kri-
schan. Ja, seggt de Vagel, dat is de Grund, 'nem se

---

[1] verbreken = verwirken

18

dör moeten, he schall sik man guut fastholen, denn
wenn Krischan umkümmt, denn so geiht 'n dat an't
Leven. Un denn flüggt 'n liek merrn rin in dat bal-
kendüüstere Lock. Man Krischan hollt sik guut fast,
un nich lang', do süht he wedder Dagslicht. As se
wat flagen sünd, fraagt de Vagel wedder, um he vör-
ut wat seh'n deit. Dat süht ut as en Glasbarg, seggt
Krischan. Dat is dat Water, 'nem se dör moeten,
seggt de Vagel, he schall sik man guut fastholen,
denn wenn Krischan umkümmt, denn so geiht 'n dat
an't Leven. Denn susen se liek dör dat Water un ka-
men uck guut dör. Denn fleegen se wedder en Tied-
lang dör de Luft. Um he vörut wat seh'n kann, fraagt
de Vagel wedder. He süht blots en brennen Füer,
seggt Krischan. Dar moeten se uck dör, seggt de Va-
gel, he schall sik man guut ünner sin Feddern ver-
krupen un sik fastholen. Wenn Krischan dör em um-
kümmt, denn so geiht 'n dat an't Leven. Denn flüggt
'n liek rin in't Füer, man se kamen dar doch guut
dör. Nu geiht de Vagel dal an'e Grund un seggt, nu
mutt 'n eerstmal en beten Ruh hebben, se hebben
noch fievhunnert Mielen na. Na, seggt Krischan,
denn kann he *em* nu drägen, un do nimmt he de Ad-
ler up'e Rügg un hoppt dat letzte Stück in fiev
Sprüng. O, seggt de Adler, nu sünd se doch to wied
kamen, um he nich kann tein Mielen t'rügg gahn.
Nee, seggt Krischan, dat kann he nich. Na, denn
moeten se fleegen, seggt de Adler. Un sodennig ka-
men se glücklich un heel na dat Slott süden de Sünn,
westen de Maand un merrn in'e Welt. Dat is en Slott,
so wat gifft dat nich nochmal up'e Welt. Dat lücht't
vun baven bet nedden as idel Gold.

As Krischan na't Slott kümmt, sett he sik buten vör
de Poort dal, bet dar en Koekendeern kümmt un dar

dör geiht. To ehr seggt he, se schall Jumfer Lene vun
Süderwatt gröten un ehr um en Beker Wien för en
möö'e Wannersmann be'en. De dare Bescheed bringt
de Deern na de Prinzessin, un de lett ehr eegne Be-
ker mit Wien vullmaken un schickt de Deern dar rut
mit. As Krischan drunken hett, smitt he de Ring in'e
Beker, de he kregen hett, as se sik dat eerste Mal
bemött sünd. De Deern bringt de Beker wedder rin,
un de Prinzessin kennt foorts de Ring wedder un
löppt dal na de Poort un fallt em um'e Hals. Nu hett
se em, seggt se, man se mutt em foorts wedder her-
geven, un he mutt de heele lange Weg t'rüggreisen in
ehr Fedderkleed. Denn wenn de Hex, de se dar fast-
holen deit, em to sehn kriggt, seggt se, denn lett se
em mit een Blick to Steen warrn. Dar is Raat för,
seggt Krischan, se schall em man de Weg rin na ehr
wiesen. Denn sett Krischan sin Unsichtbarkeitshoot
up un nimmt sin Klappmess in'e Hand, un denn
geiht he rin na de Hex un wiest up ehr, un do fallt se
foorts doot um. Krischan lett de Hex twintig Meter
deep ünner de Eerde inkulen, un denn maakt he
Hochtied mit de Prinzessin, un de dare Hochtied is
noch in'e Gangen.

Un ik bün uck mit we'n to Krischan sin Hochtied.
Man wo wi dar up en Papierboehn danzt hebben un
ik harr en Paar grote Klotzen an, do heff ik dar dör-
pedd't un bün dalfullen in en Spinnwev un dar in
hängen bleven. De dare Spinnwev hebben se nahmen
un as Vörladen bi en Kanon bruukt, un keeneen is
mi wies wurrn. Do bün ik mit rutschaten wurrn un
bün hier lannt, 'nem ik nu sitten do un vertell düsse
Geschicht.

De Katenjung un sin Katt

Dar hett mal en ole Mann mit sin Oolsch in en ringe
Kaat wahnt un en König un en Königin in se's Riek.
Man wi woe'n man eerstmal vun de ole Mann un de
Oolsch snacken.

De Keerl is so nerig we'n, he hett en gewaltige Barg
Geld tohopenschraapt, un de Lüüd hebben dar en
Sprickwoort för hatt, se hebben seggt, he kriggt üm-
mer twee Geldstücken för een. Man mal is he doch
krank wurrn un hett sik to Bett leggen musst, un
vun de dare Krankheit is he uck dootgahn.

De ole Mann un de Oolsch hebben man een Soehn
hatt. In de eerste Nacht, na dat sin Vadder doot-
bleven is, dröömt he, dar kümmt en Mann na em —
kennen deit he em nich — un seggt to em:

„Hier liggst du, Mann; din Vadder is nu doot, un all
sin Geld is nu din, denn dat duert nich mehr lang',
denn is din Mudder uck doot. Man dat Halve vun dat
dare Geld, dar is he unehrlich bi kamen; darum
scha'st du din halve Geld an'e Armen geven, un de
anner Hälfte scha'st du in'e See smieten. Man wenn
dat ünnergahn is un dar swümmt denn noch wat in'e
See, eendoont um dat is en Stück Papier oder wat
Anners, dat scha'st du upfischen un fein verwahren."

Denn is de Mann weg, un de Jung ward waak.

De dare Droom liggt em swaar up'e Seel, un he denkt
dar vel oever na, wat he doon schall, denn em dücht,
dat is doch nich so licht to un laten so eenfach sin
Vermoegen to'n Deuvel gahn. Man toletzt ward he
doch eenig mit sik un geven dat Halve an'e Armen
un smieten dat anner in'e See. Do kümmt dat jüst
sodennig, as de Mann em dat in'e Droom seggt hett:

He ward dar wat wies, dat swümmt baven up'e See-speegel. He dar hen un kriggt dat up, un do süht he, dat is en tosamenfoolt Stück Papier. He fool dat ut'neen un finnt söss Schillings, de sünd dar in inwickelt.

Do denkt he bi sik, wat he doch mit de dare söss Schillings anfangen schall, wo he jüst so'n grote Vermoegen tonicht maakt hett. Man liekers stickt he se in'e Tasch.

Do is he denn vull Sorg un sware Gedanken, dat he sin Vermoegen verlaren hett, un he leggt sik to Bett, man he steiht doch bald wedder up.

As he denn uck sin Mudder inkuult hett, treckt he mit sware Sinn weg. He geiht rut in't Holt un stromert lang' rum, un toletzt kümmt he an en rummelige Kaat. Dar kloppt he an'e Dör. En ole Fruunsminsch maakt up. He fraagt um Verlööv un blieven dar, man he seggt foorts, betahlen kann he för dat Nachtlager nix.

De Oolsch seggt, daför schall he liekers nich buten vör de to'e Dör stahn. He geiht rin un kriggt foorts wat to eten vörsett. He ward dar nich vel Lüüd wies in't Huus, blots twee Fruunslüüd un dree Keerls. De snacken nich vel tosamen, dat sünd bannig ruhige Lüüd, dücht em.

Un denn süht he dar binnen uck en Deert, dat is heel gries, man nich allto groot. So'n Deert hett he noch nie nich sehn. He fraagt, wat dat för'n Deert is, un do vertellen se em, se seggen dar „Katt" to.

Do fraagt he, um de Katt to verkopen is, un wat 'n kosten schall. För söss Schilling kann he 'n kriegen, seggen se, un do köfft he 'n för sin Schillings un

22

slöppt dar denn de Nacht. De neegste Morrn seggt he de Lüüd adjüs, stickt de Katt in sin Mantel un geiht afste'.

He wannert de heele Dag dör Holt un Wööst, bet he an'e Avend na en Hoff kümmt. Dar kloppt he an'e Dör. Do kümmt dar en ole Mann rut, dat is de Herr vun't Huus. De Jung fraagt um Harbarg för de Nacht, man he seggt foorts, he hett nix, 'nem he dar mit för betahlen kann. Denn moeten se em sachs umsunst en Nachtlager geven, seggt de Mann un bringt em rin in'e Döns. Dar sitten twee Fruunslüüd un twee Mannslüüd. Dat eene Fruunsminsch is de Herr sin Fruu, dat anner sin Dochter. Do lett he de Katt ut sin Mantel ruthoppen, un all sünd se heel un deel verbaast. So'n Deert hett noch keen vun se jichens sehn. Un denn blifft he dar Nacht.

De neegste Morrn seggen se to em, he schall man na de König sin Slott rupgahn, dat is nich wied af. De König is en feine Keerl, seggen se, un he ward em bestimmt jichens wat Gudes doon. Do maakt de Jung sik wedder up'e Padd un geiht, bet he na de König sin Slott kümmt.

He lett de König Bescheed seggen, he will geern mal mit em snacken, un do lett de König em seggen, he dörv in't Slott rin un na em henkamen. Un dat deit he uck.

As he in'e Saal rinkümmt, sitten de Lüüd jüst bi Disch. He seggt de König un sin Hofflüüd gu'n Dag. Man wat is he verbaast, as he en gewaltige Barg lütte Deerten in'e Saal rumlopen süht, de kamen heel dicht an'e König un sin Hofflüüd ran, se springen up'e Disch un up'e König sin Teller un freten em de beste Stücken weg, un se bieten em sogar in'e Hän-

23

ne, un he hett keen Ruh vör se. De König un wecken vun'e Hofflüüd hebben al heel blöddige Hänne, un so dull se uck versöken un holen de Deerten af, dat helpt allens nix.

De Jung fraagt, wat dat mit dat dare Spektakel up sik hett un wat dat för'n Deerten sünd.

De König vertellt em, se seggen dar „Rotten" to, un he hett al vele Jahren Maleschen mit se; man he weet nix för un warrn se quiet.

In de dare Ogenblick kümmt de Katt ünner de Jung sin Mantel ruthoppt un dat up'e Rotten dal. En ganze Deel bitt 'n doot, un de Rest jaagt 'n rut ut'e Saal.

Do sünd de König un sin Hofflüüd heel un deel verbaast, un de König fraagt, wat dat för'n Deert is. „Katt" seggt een darto, vertellt de Jung em, un he hett 'n för söss Schillings köfft.

Do seggt de König, wo he dar ja nu mal henkamen is, un wegen dat Glück, wat he em bröcht hett, darum dörv he sik utsöken, wat he leever will: Um he will sin eerste Minister warrn oder sin Dochter ehr Mann un na em dat Riek arven.

Do seggt de Jung, wo de König al so guut is un laten em utsöken, do will doch he leever de Dochter un dat Riek hebben.

Do ward denn Hochtied maakt, un as allens vörbi is, schickt de Jung Bott na de Buern, de em upnahmen hebben, un as de König doot is un he sülven dat Land regeert, do maakt he se to sin Ministers.

Dat Perdeei

Dar is mal en Buer we'n, Hans hett he heeten, un de is mal to Stadt to Markt gahn. Un as he dar so rum- dammelt, süht he dar en Hoeker sitten, de hett en paar grote Körbsen to Koop. Do fraagt he em, wat dat för'n Dinger sünd, de he dar to Markt bröcht hett. Perdeeier, seggt de anner. Och wat, seggt Hans, Perdeeier? De sünd sachs bannig düer? Och, to be- tahlen sünd se noch, seggt de Hoeker. Hier, seggt he, dat dare rotbrune, dat gifft en feine Voss un kost't man tein Daler. Dat dücht Hans nu nich to vel för en feine Voss, un do lehnt he sik gau dat Geld un geiht wedder t'rügg na de Hoeker.

Man nu will he uck nipp un nau weeten, wodennig dat Ei utseten ward, un do seggt de anner, he mutt dat sülven utsitten, un dat duert heele veer Wuchen. In de dare Tied dörv he dar jo nich vun upstahn, oder, wenn dat doch mal we'n mutt, denn schall he dat jo recht warm todecken. Un he schall sik uck lee- ver de heele Tied vun sin Fruu fuddern laten, dat dat Bröden recht hitt vör sik geiht. Dat markt Hans sik allens up en Prick un süht denn to un kamen na Huus mit sin Perdeei.

Dar vertellt he sin Fruu vull Freud, wat he för'n feine Hannel maakt hett, un he kann rein de Tied nich aftöven, bet se em dat Nest torechtmaakt hett. Darto leggt se foorts en paar Klapp Stroh in'e Stall tohopen, maakt in'e Mitt en Kuul un leggt dar dat Ei rin. Denn sett Hans sik dar rup, un sin Fruu mutt em fuddern un uck noch en paar Klapp Stroh um em rum verdeelen, dat dat Bröden recht hitt vör sik geiht.

As denn de veerte Wuch to Enne geiht, do springt Hans up un leggt dat Ohr an't Ei un kloppt dar mal an, man de Voss will sik noch nich roegen. Do kann he de Lurerie nich mehr utholen, he nimmt dat Ei un geiht dar achter't Huus mit. Dar liggt en grote Steen, dar smitt he dat gegen. Nu is de Körbs vun binnen al ganz rott, un do fleegen de Stücken hierhen un darhen, un een darvun fallt mang wecke Büsche. Dar liggt jüst en Voss to slapen, un de kümmt nu in'e Beens un jaagt afste'. Do meent Hans, dat is sin rode Fahlen, un he röppt ümmer „Hiss! Hiss!" un meent, wenn't möö' is, kümmt dat sachs wedder. Man dat kümmt nich, un Hans geiht trurig wedder in't Huus. Man he nimmt sik vör, wenn he nochmal en Perdeei köfft, denn will he fein in'e Stall blieven, dat dat Fahlen em nich wedder utkniepen kann.

De plietsche Buer

Dar is mal en König we'n, de is up'e Jagd gahn. Do
süht he up en Feld en Buer bi de Arbeit. Wovel he
denn so up'e Dag verdeenen deit, fraagt he em. Veer
Schilling de Dag, seggt de Buer. Wat he dar denn mit
maken deit, will de König weeten. Do seggt de Buer,
de eerste itt he up; de tweete leggt he up Tinsen; de
drütte gifft he t'rügg; un de veerte smitt he weg.

De König ritt denn wieder. Man na en Stoot dücht
em dat doch gediegen, wat de Buer dar seggt hett.
Do dreiht he wedder um un fraagt em, wat he darmit
hett seggen wullt, dat he de eerste Schilling upitt, de
tweete up Tinsen leggt, de drütte t'rügg gifft un de
veerte wegsmitt. Do seggt de Buer, mit de eerste
Schilling nährt he sik sülven. Mit de tweete Schilling
nährt he sin Kinner, de moeten ja later mal för em
sorgen, wenn he oold is. Mit de drütte Schilling
nährt he sin Vadder, un dar gifft he em mit t'rügg,
wat he för em daan hett. Un mit de veerte Schilling
nährt he sin Fruu, un dat is ja eegentlich wegsmeten
Geld, denn dar hett he ja nix vun. Ja, seggt de König,
dar hett he Recht mit. Man he schall em toseggen,
dat he dat dare keen Minsch vertellen will, nich eh-
rer, as bet he sin Gesicht hunnertmal sehn hett. Dat
seggt de Buer em to, un de König ritt vergnöögt na
Huus.

As he denn mit sin Ministers to Disch sitt, seggt he,
he will se mal en Radel upgeven: En Buer verdeent
veer Schilling de Dag. De eerste itt he up, de tweete
leggt he up Tinsen, de drütte gifft he t'rügg, un de
veerte smitt he weg. Wat dat bedüden deit. Man
keeneen kann dat raden.

27

Toletzt fallt de eene Minister dat in, de König hett doch de Dag vörher mit de dare Buer snackt. Un do maakt he sik up'e Weg hen na de Buer, dat de em dat Radel uplösen schall. Man de Buer seggt, dat kann he em nich seggen, denn he hett de König dat toseggt, he will dat keeneen vertellen, bet he hunnertmal sin Gesicht sehn hett. O, seggt de Minister, de König sin Gesicht, dat kann he em woll wiesen. Un he kriggt sin Geldbüdel rut, tellt hunnert Daler af un schenkt se de Buer. Un up elkeen Daler is ja de König sin Gesicht up afbild't. As de Buer denn elkeen Daler eenzeln ankeken hett, seggt he, ja, nu hett he hunnertmal de König sin Gesicht sehn, nu kann he em dat denn ja verraden, un he vertellt em, wat dat mit dat dare Radel up sik hett.

Do geiht de Minister vergnöögt na de König un seggt, he hett dat nu rutfunnen, wat dat dare Radel bedüden deit, so un so is dat. Dat kann em blots de Buer sülven verraden hebben, röppt de König. Un he lett de Buer ropen un kriggt em vör't Brett. Um he em nich toseggt hett, he will dat nich vertellen, ehrer he hunnertmal sin Gesicht sehn hett, fraagt he. Jawoll, seggt de Buer, un sin Minister hett em uck sin Gesicht hunnertmal wiest. Un he wiest em de Büdel mit Geld, de de Minister em schenkt hett. Do freut de König sik to de dare plietsche Buer un schenkt em uck noch en Barg Geld, un do is he en rieke Mann sin Leven lang.

28

Doeskopp Krischan

Dar is mal en Buer we'n, de hett dree Soehns hatt, Fritz de öllste, Jehann de tweete un Krischan de jüngste; em hebben sin Vadder un sin Bröder för en beten doesig holen, un darför hebben se em blots „de Doeskopp" nöömt. As de Buer sik denn dalleggt to starven, röppt he sin dree Soehns an sin Bett un seggt, wenn he doot is, denn schall sin Sarg apen in'e Kirch upstellt warrn, un elkeen Nacht schall een vun se bi em Wach holen, eerst Fritz, denn Jehann un toletzt Krischan. As he denn dootbleven is un de eerste Avend kümmt, do seggt Fritz to Krischan, em gruugt darvör un holen Wach bi se's Vadder, he schall doch man hengahn un vör em Wach holen. Dat deit Krischan denn uck. As de Klock twölf sleit, sett de Dode sik hooch in't Sarg un fraagt, um sin Soehn Fritz dar is. Nee, seggt Krischan, Fritz hett gruugt vör em, he is Krischan. Do gifft de Dode em en witte Fleut un seggt, wenn he de anner Morrn vun dar weggeiht, denn so schall he dar vun beide Ennen up blasen un afluern, wat denn kümmt. Dat deit Krischan denn un blaast de neegste Morrn eerst up dat richtige Enne, do steiht dar en feine Schimmel mit feine Sadeltüüg un en feine Antog Tüüg up'e Rügg vör em. Dat Tüüg treckt he an, sett sik up'e Schimmel un ritt dar en beten rum. Denn stiggt he af, blaast up dat anner Enne, do is de Schimmel weg. Do stickt he de Fleut in'e Kirchhoffsmuer un geiht na Huus.

De tweete Avend is Jehann denn an'e Tour, man he seggt uck to Krischan, em gruugt dar vör un holen Wach bi se's Vadder, he schall doch man hengahn un för em Wach stahn. Un Krischan deit dat, un dat geiht in de dare Nacht jüst so as in'e eerste, blots dat he dütmal en brune Fleut kriggt. Un as he morrns dar up blasen deit, steiht dar en feine Brune, dar ritt he en beten up rum, denn puust't he in dat anner Enne, un de Brune is wedder weg. De dare Fleut stickt he uck in'e Kirchhoffsmuer un geiht na Huus.

De drütte Avend kümmt he denn sülven an'e Reeg, un dütmal gifft sin Vadder em en swatte Fleut un seggt, nu bruukt dar keen mehr bi em waken. An'e Morrn fleutet he sik denn en feine swatte Perd her, un as he dar en beten up reden hett, lett he dat wedder verswinnen. Denn leggt he de swatte Fleut bi de beide annern un geiht na Huus.

Nich lang' darna ward dar vertellt vun en smucke Königsdochter, de sitt baven up en hoge, steile Glasbarg. Ehr Vadder, de König, lett bekannt maken, de to Perd up de dare Barg ruprieden kann, de schall sin Dochter to Fruu hebben. En Barg Keerls versöken dat, man keeneen kriggt dat klaar. Do woe'n Fritz un Jehann dat uck mal riskeern. As Krischan dat hört, seggt he, se schoe'n em doch uck mitnehmen. Och wat, seggen sin Bröder, he is dar vel to doesig to, he schall man jo to Huus blieven. Un do backen se em de Tüffeln an'e Strümp fast, dat he se nich achternakamen kann. As se weg sünd, treckt Krischan de Strümp sammt de Klotzen ut un geiht mit blote Fööt na de Kirchhof. Dar kriggt he sik de witte Fleut un fleutet, un as de Schimmel vör em steiht, treckt he dat feine Tüüg an un ritt stracks hen na de Glasbarg. De Schimmel kümmt bet halv de Barg hooch. So wied is noch keeneen kamen, man denn kann he uck nich wieder. To Avend, as sin Bröder na Huus kamen, is Krischan al wedder dar un hett sin holten Tüffeln an. Do vertellen sin Bröder em vun de feine Herr, de bet halv rup reden is, man se weeten ja nich, dat is se's Broder Krischan mit de holten Tüffeln we'n.

De neegste Dag rieden de Bröder wedder hen, un Krischan wedder achter se ran, dütmal up sin Brune, un dütmal kümmt he meist bet na de Spitz. To Avend kamen sin Bröder na Huus, un do is Krischan al dar. Se vertellen em dütmal vun de Herr up'e Brune. De drütte Dag ritt Krischan up dat swatte Perd in dat smuckste Tüüg na de Glasbarg un kümmt ganz bet na baven, un dar ward he vun de Prinzessin heel leev willkamen heeten. Do ward he König oever dat heele Land un maakt Hochtied mit de smucke Königsdochter. Man sin Bröder nimmt he dat nich för oevel, dat se em ümmer „de Doeskopp" nöömt hebben. He haalt se an sin Hoff un hollt se hooch in Ehren.

De Buerdeern

Dar is mal en Königin we'n, de is al en beten oold we'n, so'n ganz lütte beten oever negentig Jahr. De paar Tähnstummeln in ehr Mund sünd wackelig we'n, un se hett blots noch Grütt un Melksupp eten kunnt. De matte Leckogen sünd meist blind we'n, de Kopp hett uck hen un her wackelt. De Rügg is krumm we'n, se hett ut'e Hals stunken, un se hett nich gahn, nich stahn un nich liggen kunnt.

Man de dare ole, stiefköppige Doeskopp hett afsluut keen Lust hatt un blieven doot, liekers se nich mehr recht hett leven kunnt, man se hett nich blots wedder jung warrn wullt, nee, uck noch smuck.

Nu hett se en Vaddersch hatt, dat is en Fee we'n, un ehr geiht se an, se schall ehr doch wedder jung un smuck maken, so as de Vaddersch sülven faken lett, liekers se doch sowat bi fievhunnert oder uck dusend Jahr öller we'n mag as ehr leeve lütte Patenkind.

De dare Wunsch kann woll wahr warrn, seggt de Vaddersch, man denn mutt sik dar en junge Deern finnen, de sik för ehr Öller, ehr Aarsgebreken, ehr Stand un Ansehn, man uck ehr Gold, Demanten un Eddelsteens vertuuschen will.

Och, seggt de Königin, se will ehr geern allens geven, wat se hett un wat ehr to eegen is, wenn se man wedder jung un smuck ward.

Do geiht de Fee bi un söken, un do finnen sik dar en Barg plünnige, man junge un recht smucke un rische Bedeldeerns, de woe'n geern Königin we'n, denn de an deepsten nedden is, de will ümmer geern an hööchsten rup. Man as se denn de Königin to sehn kriegen, do warrn se doch recht nadenkern un da-

32

rum uck verstännig, un se warrn umsinns un bedanken sik för de Tuusch. Se meenen, wat helpt dat un hebben Eten un Drinken, Geld un Guut, Macht un Pracht un Staat un allens, wenn een dat gar nich mehr bruken kann! Leever een heele Tähn un dar en Stück Broot för as gar keen Tähns un keen Maag un verdauen mit bi all dat feinste Eten.

De sünd för wiss nich doesig we'n! So ring, so grimmig[1] un eklig, as de ole Oolsch vun Königin is, woe'n se denn doch nich we'n. Kiek mal, Rang un Stand, Geld un Guut, Staat un Pracht maken ja nich vun sülven un alleen glücklich un froh!

Man toletzt finnt de Fee doch en lustige, fröhliche un arme Buerdeern, de will in ehr lichtsinnige Unverstand för hoge Stand un Rang ehr junge Jahren un ehr smucke Utsehn hengeven.

De dare lütte Doeskopp meent ja, nu mutt se so recht oever de Maten glücklich we'n, wenn se so groot un gewaltig un so bannig, bannig riek ward. Man sodennig denken ja en Barg Lüüd, uck wenn se nich jüst vun't Dörp her sünd.

Do geiht dat denn los mit Tuuschen, un foorts warrn de Deern ehr frische rode Backen bleek, ehr heele Huut ward schrumpelig un vull Folen, Kopp un Tähns warrn wackeln, ehr Haar warrn gries un se sülven mucksch un twerig.

Denn maakt de Fee en Schachtel up, un dar kamen as sühst mi nich en Barg Bedeenters rut, knapp so groot as en Goldsever, man foorts warrn se so groot

---

[1] grimmig = hässlich (dän. grim)

as anner Bedeenters un luern dar heel ünnerdänig up, wat de nüe Königin vun se will.

Feine Eten ward dar updischt, un de nüe Königin ward vun twee Bedeenters an'e Disch bröcht, denn alleen gahn, dar is se ja vel to flau to. Man se ekelt sik vör all dat Eten, un de Dischmusik maakt ehr de ole, süke Kopp doesig. Se hustet, dat se meist bassen will, se will utspütten un besabbelt sik dat Kinn, wat as so'n Knaak wied vör de Mund steiht. Un as se sik in'e grote Wandspeegeln to sehn kriggt, do ward se bang' vör sik sülven.

Och herrje, wat föhlt se sik unglücklich!

Man de Königin vun vördem geiht dat uck nich beter, se föhlt sik uck nich glücklich. Se is dar ja nu mal an wennt un hebben wat to seggen, un de Gewalt un de Staat, un dat dörv se nu allens blots noch ankieken. Denn as se wedder jung wurrn is, do hett se uck de Deern ehr groffe Tüüg un Schoh, ehr schietige Strümp un ehr plünnige Schört kregen, un de Wach will de dare Buerntrampel nich mal dar in'e Eck lieden, 'nem se sik in verkrapen hett.

Do kriggt se meist dat Blarrn!

Unse Buerdeern vun vördem ward dat wies. Un do seggt se, se kann woll sehn, dat de anner ehr nüe Stand bannig leeg gefallen deit, un ehr sülven geiht dat dar uck keen Spier beter mit. Wenn se will, seggt se, um se denn nich se's Tuusch t'rügg gahn laten schoe'n, un elkeen blifft bi sin Stand vun vörher.

Foorts is de Tuusch vun beide Sieden uphaven, un elkeen is wedder dat, wat se ehrdem we'n is.

Man as dat so geiht mit vele Lüüd. Wenn se nich recht weeten, wat se woe'n un wat guut is för se, denn so sünd se nie nich tofreden. Knapp is de Tuusch maakt, do deit dat de beiden al wedder leed, un se setten de Fee to, se schall se nochmal verwanneln. De Königin will wedder Buerdeern we'n un de Deern wedder Königin. Man de Fee seggt, se weeten ja nich, wat se woe'n, un so'n Kunststücken maakt se man eenmal.

Do ward de ole Königin huul'n un blarrn. Wo se jüst eerst wies wurrn is, wo jung de Joegd is un wo schön de Schönheit un wo gesund de Gesundheit, do dücht ehr, ehr Tostand is nich un holen ut. Nix gifft dat, wat ehr tofreden maken kann, un keeneen bi Hoff hett en gude Stunn bi ehr. Se klaagt un jammert un hiemt un jault un ques't un schimpt un quarkt noch en paar Maanden so dull, as se man jichens kann, un denn blifft se doot.

Un dat is uck man guut, för ehr un för de Hoff.

Man unse Buernkathrin is wedder lustig un fein toweg', wo se wedder na Huus na ehr Dörp kamen is, un ehr smeckt ehr Swattbroot mit Melk beter as domals bi Disch in't Slott de feinste Gerichter.

Se is jüst bi un danzt an en Festdag mit ehr Leevste an en lütte Bek up en Wisch mit feine Blöme en Ringeldanz un singt darto (ik denk mi, dat is sachs „Ringel, Rangel, Rosenkranz" un so wieder we'n), do kriggt se to weeten, de ole Königin is doot. Do ward se noch munterer un freut sik un seggt, dat is doch man guut, dat de Fee nich na ehr doesige Wünsche hört hett. Se is doch recht en doesige Trina we'n, meent se. De Oolsch is nu doot, man se levt noch, kann eten un drinken, kann arbeiden un slapen, kann singen un springen, bi ehr wackelt keen Tähn, un keen Finger deit ehr weh, un Hans ward ehr Mann, wenn se man eerst noch en paar Daler spaart hebben, dat se en lichte Anfang hebben.

Do steiht upmal de Fee vör ehr un seggt, se freut sik, dat Kathrin ehr Klook wedderfunnen hett. Man wat ehr Hochtied angeiht, seggt se, wenn Kathrin will, denn so will se ehr en vörnehme un rieke Mann verschaffen, 'nem se dagdäglich Fisch un Braa un Wien bi kriegen kann un Bedeenters un Kutsch un Perde un allens hett.

Kathrin oeverleggt nich lang', se seggt foorts to de Fee besten Dank, man se hett nu uck en beten tolehrt un weet, Tofredenheit un Glück bi Arbeit un Gesundheit sünd faken ehrer in'e lüttste Kaat to finnen, as dat se in'e grote Sloet rumhuseern. Se will ehr Hans beholen, de hett ehr vun Harten leev un se em uck, un wenn se man eerst noch en paar Daler …

Holt stopp, fallt de Fee ehr in't Woort, nu snackt se, as se sik dat wünscht hett un vun ehr uck moden we'n is. Stand un Macht bringen meist nich dat wahre Glück, un Liek un Liek hört nu mal tosamen. Se meent, Kathrin ward mit ehr Hans sachs bi ehrliche Arbeit tofreden leven, un för de eerste Anfang gifft se ehr nu hunnert Goldstücken. Se kunn ehr licht mehr geven, man dat will se nich, dat wurr ehr vellicht nich guut doon. Se schall dar guut mit umgahn, dat se sik dar mit inrichten. Wat een sülven winnt, seggt se, dar hett een mehr Freud an un dar geiht een beter mit um, as wat man so vun'e Heven dalfallt.

De Fee gifft ehr dat Gold in'e Hand, un as Kathrin sik bedanken will, is se weg.

Kathrin löppt hen na ehr Hans, un de beiden besnacken sik de heele Avend, wodennig se ornlich un verstännig dat dare gresig vele Gold bruken woe'n.

Un do kopen se sik en feine Kaat mit en smucke Gaarn un so'n söss Tunnen Land darto, se arbeiden un kriegen arig wat in'e Melk to krömen. Se koenen noch vele Lüüd in't Dörp helpen un sünd tofreden un an'e Festdaag froh. Se hebben sik recht leev, un Kathrin dankt de leeve Gott, dat se keen vörnehme un rieke Herr to Mann kregen hett, man de gude, true un flietige Hans. Un se mutt lachen, wenn se dar an denkt, se is mal för en paar Stunnen en halvdode Königin we'n.

De Heufork

Dar is mal en Buer we'n, de is na sin Naver gahn un hett em um allens in'e Welt be'n, he schall em doch helpen bi't Heuinfahr'n. He hett so gewaltig vel up sin Wischen liggen, seggt he, alleen schaffen sin Lüüd dat nich un kriegen dat vundaag noch rin. Man de Naver hört dar nich na un will nich.

Na de Middag, as de Buer sin Heu up en Hümpel tohopenharkt hett, kümmt dar en Küselwind un nimmt dat Heu mit Rump un Stump weg. De Buer kann dat blots noch achterna kieken, un do ward he so dull, he smitt de Heufork tohööcht un bölkt, wenn de Düvel em al dat ganze Heu wegslept hett, denn so schall he man uck de Fork darto nehmen. Un richtig, as em de Fork ut'e Hänne glitt, flüggt 'n tohööcht, un weg is 'n.

Nich lang', do ward de Naver süük. He mutt lang' to Bett liggen, un de Lüüd vertellen sik al, dat nimmt mit em keen gude Gang. De Buer hört dar uck vun, dat sin Naver so krank is, aver he geiht nich hen un besöken em. Man nu ward dat ümmer leeger mit de Naver, un all Lüüd, de de Kranke sehn, schüttkoppen un seggen, mit em geiht dat sachs to Enne.

As de Buer nu ümmerlos hört, dat steiht so leeg mit de Naver, do begrippt he sik un denkt, nadräägsch we'n is nich de feine Aart. He vergifft em dat, geiht hen un besöcht em un fraagt mit dat fründlichste Gesicht na so allerhand: Wodennig dat geiht, wonem dat weh deit, wat denn de Dokters seggen, un um em denn keeneen helpen kann.

Do kickt de anner em trurig an un seggt, nee, em kann keen Dokter helpen, man *he* kann em helpen.

Un as he dat seggt, schüfft he de Bettdek to Siet un wiest sin Naver en Heufork, de stickt in sin Hüft. Eerst verfehrt de Naver sik, man denn treckt he de Heufork gau rut, un dat duert nich mehr lang', do kann de Kranke upstahn un sin Arbeit doon as vörher.

Buer Pihwitt

Dar is mal en Buer we'n, de hett Pihwitt heeten. Mal plöögt he mit sin Oss – de eene hett he man – dar plöögt he mit up't Feld. Oever sin Kopp flüggt en Kiwitt in'e Krink un röppt: „Pih-witt!" So heet he, seggt de Buer. „Pih-witt!" röppt de Vagel. Ja, so heet he, seggt de Buer. „Pih-witt! Pih-witt!" He will em mal wat seggen, röppt de Buer vergrellt, he schall nich ümmerto sin Naam ropen, anners will he 'n smieten. „Pih-witt! Pih-witt! Pih-witt!" Do nimmt Pihwitt sin Ploogiesen un smitt dat na de Vagel in'e Luft. „Pih-witt! Pih-witt!" Dar flüggt de Kiwitt hen. Man dat Ploogiesen dröppt in't Dalfallen de Oss so dull mang de Hoorns, dat 'n doot umfallt. O, o, röppt Pihwitt un kleit sik achter't Ohr, so'n Schiet! Wenn dat sin Oolsch to weeten kriggt, dat gifft en schöne Larm. He will de Oss man gau dat Fell aftrecken un dat na de Garver bringen, dat he ehr tominnst dat Geld för dat Fell bringen kann.

Un he geiht uck foorts bi un deit dat. Man de Garver is jüst nich in, un do hett de Eddelmann de Schangs wahrnahmen un is na de Garver sin Fruu gahn, un de hett em dat Beste up'e Disch kregen, wat se in't Huus hett. Man dat dörv ehr Mann ja nich weeten. As Pihwitt nu in't Huus kümmt, jumpt de Eddelmann gau in en grote Tunn, de steiht dar achter de Huusdör. Pihwitt deit, as wenn he dar nix vun wies wurrn is. He geiht ran na de Fruu un fraagt, wat Ossenfellen nu upstunns gellen. He hett dar een, seggt he, dat wull he geern verkopen. Ja, seggt de Fruu, de gellen upstunns dree Daler. Man se kann em sin nich afnehmen, denn ehr Mann hett dat Geld in'e Kist inslaten, un he is jüst nich dar. Na, seggt Pihwitt, denn schall se em man de ole Tunn geven, de dar in'e Eck steiht, denn kann se dar dat Fell för beholen. Och ja, seggt de Fruu, wenn't wieder nix is, de kann he geern kriegen, de is doch to nix mehr to bruken. Man de Fruu is dat nich wies wurrn, dat de Eddelman sik dar in verkrapen hett.

Do geiht Pihwitt bi un nagelt de Deckel arig fast to, leggt de Tunn up'e Siet un rullt 'n ut't Huus rut. Dat duert nich lang', do ward dat ut'e Tunn ropen: Wonem hen? Wonem hen? To Water, to Water, seggt Pihwitt. Och, seggt de in'e Tunn, he schall em doch rutlaten, he will em uck hunnert Daler geven. To Water, to Water, seggt Pihwitt. O, o, stoehnt dat in'e Tunn, he will em fievhunnert Daler geven, wenn he em doch blots rutlett. Nix, seggt Pihwitt, to Water, to Water! O, o, o, kümmt dat ut'e Tunn, he schall doch man upmaken un em an't Leven laten, he schall dar uck dusend Daler för hebben. Na ja, seggt Pihwitt, denn schall he man rutkamen. Man een Deel will he em seggen, gifft he em de dusend Daler nich, denn so will he em wedder in'e Tunn stoppen un in'e Stroom rullen. As de Eddelmann denn rut is, betahlt he Pihwitt richtig dat Geld. De geiht dar na sin Fruu mit un seggt, he hett de dare dusend Daler för dat Fell vun se's Oss kregen. Oha, röppt se vull Freud, dat is de beste Hannel, de he jichens maakt hett. Un dat will wat heeten, denn anners gifft se em nie nich recht un is nie nich tofreden, wat he uck upstellen mag.

Dat duert nich lang', do is dat rum in't Dörp, Pihwitt hett sin Ossenfell so gresig guut verköfft kregen. Do gahn all de Buern bi un hau'n se's Ossen doot un bringen de Fellen na de Garver. Man de seggt, se sünd woll nich klook un lacht se wat ut un smitt se rut. Splitterndull gahn se wedder na Huus, kriegen

Pihwitt faat – de hett ja na se's Meenen de Schuld to se's Mallöör – un woe'n em foorts in'e Stroom versupen. Nu is dat jüst Sünndagmorrn, un as se do an en Kirch vörbikamen, un de Lüüd singen dar so fein to de Orgel, do meenen se, dat weer nich verkehrt un gahn dar eerst rin un bringen de arme Sünner denn na de Kirch to Waters. Un do steken se em in en Schäperkaar, de steiht dar jüst dicht bi up't Feld, maken de Dör to un gahn to Kirch.

Nich lang', do kümmt de Schäper dar langs mit sin Flock. Do röppt Piwitt binnen in'e Kaar: „Amtmann sin Dochter will ik nich! Amtmann sin Dochter will ik nich!" – „Doeskopp!" seggt de Schäper, „nimm ehr doch!" O nee, o nee, seggt Pihwitt, dat kann un kann he nich. Man wenn he ehr hebben will, seggt he, denn so schall he man upmaken un an sin Stä' dar rinklarrn. Dat lett de Schäper sik nich tweemal seggen, he helpt Pihwitt dar rut un sett sik sülven rin. Do maakt Pihwitt de Kaar gau fast to un drifft denn mit de Flock ganz suutje na de Stroom to.

As de Buern toletzt ut'e Kirch kamen, maken se sik mit de Kaar up'e Weg. Un as de dar binnen ümmerto röppt: „Amtmann sin Dochter nehm ik geern! Amtmann sin Dochter nehm ik geern!", do meenen se, he will se up'e Arm nehmen, un sehn to un kamen mit de Kaar an't Över un stöten 'n mit Hurrah in'e Stroom. Denn maken se sik up'e Padd na Huus, man as se do langs en fette Weid kamen, löppt dar en Flock vun'e feinste Schaap, un de se möten deit, dat is keen anner as Pihwitt. De Buern sünd ja bannig verbaast; um se em nich jüst in't Water smeten hebben, fragen se, un wonem he denn nu herkümmt. Ja, ja, seggt Pihwitt, ut't Water, ut't Water. As he dar nedden ankamen is, vertellt he, dat eerste, wat he

42

faatkregen hett is de dare fette Leithamel we'n. Un as he de hatt hett, do sünd de anner Schaap foorts achterna kamen. Eegens schull he dat ja nich verraden, seggt he, man up'e Grund vun'e Stroom sünd noch vel mehr un em dücht meist noch smuckeren to finnen as de daren. Darum schoe's se em doch de Gefallen doon un em nochmal rinsmieten. Sülven rinspringen, dar hett he nich de Kraasch to, seggt he. Nee, nee, ropen de Buern do all, dat doon se nich, de dare feine Schaap woe'n se sik sülven halen. Un do lopen se all, wat se koenen torügg na de Stroom un hoppen dar koppoever rin, un do moeten se dar all in versupen.

Un Pihwitt behollt all de Schaap un is riek för de Rest vun sin Leven.

De kloke Buerdeern

Dar is mal en junge König we'n, de is up'e Jagd gahn. As dat Avend ward, ward he upmal wies, he is vun sin Lüüd afkamen, un blots sin Löper is noch bi em. Do ward dat uck al Nacht, un in dat düüstere Holt koenen se de Weg na Huus nich mehr finnnen. Sodennig biestern se en paar Stunnen rum, un toletzt sehn se wied weg en Licht. As se neeger ran kamen, sehn se, dat is en Kaat. Do schickt de König sin Löper hen, he schall de Lüüd wecken.

Do kloppt de Löper denn an'e Dör, un na en Ogenblick kümmt de Buer, de dar wahnt, un fraagt, wokeen dar so laat ankloppen deit. Do seggt de Löper, de König steiht buten un kann de Weg na sin Slott nich finnen, um se em Harbarg un wat to eten geven woe'n. Do maakt de Buer gau de Dör up, smitt sin Fruu un sin Dochter ut't Bett un lett se en Hoehn slachten un torechtmaken. As dat Eten denn ferdig is, seggen se to de König, he schall man tolangen, wenn dat uck man wenig is, wat se em anbeden koenen. Do nimmt de König dat Hoehn un deelt dat. De Vadder kriggt de Kopp, de Mudder de Bost, de Deern de Flünken, sülven behollt he de Beens, un de Löper kriggt de Fööt.

Denn gahn se all to Bett. Do fraagt de Mudder ehr Dochter, warum de König woll dat Hoehn so gediegen verdeelt hett. De Deern seggt, dat is doch ganz klaar: De Vadder hett de Kopp kregen, he is ja dat Hööft vun de Familie; de Mudder hett de Bost kregen, wiel dat se en ole lütte Mudder is; ehr sülven hett he de Flünken geven, denn se ward ja doch mal vun se wegfleegen; för sik hett he de Beens beholen, denn he is ja en Rieder; un de Löper hett de Fööt kregen, dat he sovel gauer lopen kann.

De neegste Morrn dischen se de König en Fröhstück up un wiesen em up'e richtige Weg. As de König denn wedder in sin Slott is, nimmt he en feine braa'ne Hahn, en grote Kook, en lütte Fatt Wien un twölf Veerschillingstücken, röppt na sin Löper un gifft em Order, he schall dat allens na de Buer bringen un em sin Gnaad versekern. De Weg is wied, un de Löper ward bald möö' un kriggt Hunger. Toletzt kann he nich mehr gegen sin Jieper an, he snitt dat Halve vun'e Hahn af un vertehrt dat. Wat later kriggt he uck Dörst, un do drinkt he uck de halve Wien ut. As he denn wieder geiht un de dare Kook ankickt, denkt he, de smeckt sachs fein, un do itt he uck de halve Kook up. Och, denkt he, warum schall he man halve Kraam maken? He mutt doch allens liek maken, un do nimmt he uck noch söss Veerschillingstücken vun de twölf. Do kümmt he denn toletzt na de Buer un levert de halve Hahn, de halve Kook, dat halve Fatt Wien un de halve Daler bi em af. De Buer un sin Lüüd freuen sik oever de Ehr, de de König se andeit, un se seggen to de Löper, he schall de König uck velen Dank seggen.

Man as de Dochter süht, dat is allens man halv dar, do seggt se to de Löper, se will em noch en extra Bescheed mitgeven för de König, man he mutt em dat Woort för Woort wedderseggen. Dat seggt de Löper ehr to, un do fangt se an. Toeerst, seggt se, mutt he to de König seggen: „De in de Nacht woll singt, herrje, warum man halv?" Um he dat beholen kann. O ja, seggt de Löper. Denn mutt he uck noch to em seggen: „De Maand in't tweete Viddel, herrje, warum denn halv?" Um he dat uck beholen kann. Wiss doch, seggt de Löper. Denn mutt he em uck noch seggen: „Baven to un nedden to, herrje, warum denn halv?" Um he dat uck nich vergeten ward. Ganz bestimmt nich, seggt de Löper. Un denn mutt he em noch seggen: „Dat Jahr hett doch twölf Maanden, herrje, warum denn söss?" De Löper seggt ehr to, he will allens richtig bestellen, un maakt sik up'e Padd, un dat he uck jo nix vergitt, seggt he dat ümmerto vör sik hen.

As he na de König kümmt, fraagt de em, um he allens richtig aflevert hett. Jawoll, seggt de Löper, un he hett uck noch en Bescheed mit för em vun de Buer sin Dochter. Eerst hett se seggt: „De in de Nacht woll singt, herrje, warum man halv?" Wat, röppt de König, he hett de halve Hahn upeten? Och, seggt de Löper, he schall sik doch man sin Bescheed anhören. Denn hett se seggt: „De Maand in't tweete Viddel, herrje, warum denn halv?" Wat, bölkt de König, denn hett he uck de halve Kook upfreten? Och, seggt de Löper, he schall em doch man utsnacken laten. To'n drütten hett se seggt: „Baven to un nedden to, herrje, warum denn halv?" Wat, bölkt de König, dat halve Fatt Wien hett he uck noch utsapen? Och, seggt de Löper, he schall em doch sin Bescheed to Enne bringen laten. Toletzt hett se seggt: „Dat Jahr hett doch twölf Maanden, herrje, warum denn söss?" Denn hett he also uck noch de halve Daler klaut, röppt de König. Do fallt de Löper dal up'e Kneen un bidd't de König um Vergeven. Un de König freut sik dar sodennig oever, dat de Deern so klook is, he vergifft de Löper dat würklich. Un na de Deern schickt he en feine Waag mit feine Tüüg un nimmt ehr to Fruu.

De wurrn glücklich un tofreden,
man för uns is nix nich bleven.

Hans un Peter

Dar is mal en arme Fruu we'n, de hett twee Soehns hatt, Hans un Peter. Peter süht dat Elend bi se to Huus, un do geiht he bi en Buer in Deenst. Wovel Lohn he hebben will, fraagt de Buer. Hunnert Daler, seggt he. De schall he hebben, seggt de Buer, man dar is een Bedingen bi: De vun se, de sik bi de eerste Striet argern deit, de kriggt dat Krüüz braken. He argert sik nie nich, seggt Peter.

Man al na acht Daag hett Peter Krach mit sin Herr, he argert sik düchtig, un sin Herr brickt em dat Krüüz. Do slept he sik wedder na Huus un vertellt sin Broder Hans, wat em passeert is. Hans lett sik vertellen, wonem de Buer sin Huus is, un bütt em sin Deenst an, man he seggt nich, dat he Peter sin Broder is. Wovel Lohn he hebben will, fraagt de Buer. He schall em man hunnert Daler geven, seggt he. Is guut, seggt de Buer, de schall he hebben, man dar is een Bedingen bi: Wenn se dat eerste Mal Krach hebben, schall de vun se, de sik argert, dat Krüüz braken kriegen. He argert sik nie nich, seggt Hans.

De neegste Dag schickt sin Herr em mit en veerspännige Föder Koorn to Markt. Hans verköfft nich blots dat Koorn, uck foorts de Perde mit, un dat Geld bringt he na sin Broder. Denn geiht he na Huus. Wat he mit de Waag un de Perde maakt hett, fraagt de Herr. De hett he an en Mann verköfft, de he ünnerwegens bemött is, seggt he. Un wonem he mit dat Geld afbleven is, will de Buer weeten. Dat Geld, dat hett he sin Broder geven, seggt he, em hett de Buer ja dat Krüüz braken. Um he em kaputt maken will, fraagt de Buer. Um he sik argern deit, fraagt Hans. He argert sik nich oever so'n Kreihenschiet, seggt de

Buer. He weet ja, seggt Hans, de sik argert, de kriggt dat Krüüz braken. Och, he argert sik ja gar nich, seggt de Buer.

De neegste Dag seggt de Herr to sin Fruu, he will Hans de gröttste Eek ut't Holt halen laten; dat schafft he nich, un wenn he em denn düchtig utschimpen deit, denn ward he bestimmt dull. Hans fahrt mit sin Veerspann afste', verköfft dat Fahrtüüg as vörher, un denn kümmt he wedder na Huus.

Nanu, wonem de Waag denn is, fraagt de Herr. De hett he in't Holt stahn laten, seggt he, he hett 'n dar nich rutkriegen kunnt. Oh, he maakt se noch heel un deel kaputt, seggt de Buer. Un de Oolsch bölkt noch luder, he maakt se noch heel un deel kaputt. Um he sik argern deit, fraagt Hans. He argert sik nich oever so'n Kreihenschiet, seggt de Buer. He weet ja, seggt Hans, de sik argert, de kriggt dat Krüüz braken. Och, he argert sik ja gar nich, seggt de Buer.

Mal, as Hans in'e Schüün bi is un döschen, gahn de Buer un sin Fruu to Middag, man se seggen em nich Bescheed. Hans deit, as wenn he nix markt. He verköfft dat utdöschte Koorn, lett sik in'e Kroog fein Middag geven un kümmt denn wedder na Huus. Wonem he mit dat Koorn afbleven is, fraagt de Buer. Se hebben em ja nich to Middag rapen, seggt Hans, un do hett he dat Koorn verköfft un sik för dat Geld Middag geven laten. He ward se noch heel un deel kaputt maken, seggt de Buer. Um he sik vellicht argern deit, fraagt Hans. He argert sik nich oever so'n Kreihenschiet, seggt de Buer. Denn he weet ja, seggt Hans, de sik argert, de kriggt dat Krüüz braken. Och, he argert sik ja gar nich, seggt de Buer.

De Oolsch seggt to ehr Mann, se woe'n Hans man mit se's Swiens up'e Weid schicken; denn mutt he bi de Minschenfreter vörbi, de ward em sachs upfreten, un denn sünd se em los.

Hans treckt mit de Swiens afste', un as he bi de Minschenfreter sin Huus langkümmt, geiht he dar rin. He hett en Lünk in'e Hand. He kann doch sachs nich so hooch fleegen, as de dare lütte Vagel, fraagt he de Minschenfreter. Oh nee, seggt de. He hett Hunger, seggt Hans. He uck, seggt de anner, wat se sik to Fröhstück maken schoe'n. Um se sik nich wat Grütt kaken schoe'n, seggt Hans.

As de Grütt gar is, setten se sik an'e Disch. Hans hett sik vör de Maag en grote Tasch fastmaakt; dar deit he dat meiste vun'e Grütt rin, wieldes de Ries sik allens sloeksch to Bost neiht. As Hans sin Tasch denn vull is, kriggt he sin Mess rut un slitzt 'n up, un all de Grütt wöltert dar rut. Un denn geiht he wedder bi un eten. O, röppt de Minschenfreter, up so'n Aart un Wies much he sik uck wedder leddig maken koenen; Hans schall em de Maag doch uck upslitzen. Na, dat lett Hans sik nich tweemal seggen, un he slitzt em de Maag so fein up, dat de Minschenfreter dar doot vun geiht.

As he dat klaar hett, geiht Hans wedder na sin Swiens, snitt se all de Steerten af un verköfft de Deerten. De Steerten smitt he in en Muddlock, un denn geiht he wedder na sin Herr.

Wonem de Swiens sünd, fraagt de. De sünd in en Muddlock fullen, seggt Hans. Denn so woe'n se se doch man ruttrecken, seggt de Buer. Geiht nich, een kann dar nich rin, seggt Hans. Man de Herr geiht

dar liekers hen, un as he een vun de Deerten an'e
Steert ruttrecken will, blifft em de Steert in'e Hand,
un he fallt mit'e Mors in'e Mudd. He maakt se noch
heel un deel kaputt, seggt he to Hans. Um he sik
argern deit, fraagt Hans. Nee, seggt de Buer, he
argert sik nich oever so'n Kreihenschiet. He weet ja,
seggt Hans, de sik argert, de kriggt dat Krüüz bra-
ken. Och, he argert sik ja gar nich, seggt de Buer.

De Fruu seggt to ehr Mann, se woe'n em man mit de
Göös up'e Weid schicken. Hans treckt denn ja afste'
mit'e Göös. As he to Avend na Huus kümmt, fehlen
dar twee, dree Stück, de hett he verköfft. Dar fehlen
wecke Göös, seggt de Herr. Dar kann he nix för,
seggt Hans, dar is en Deert kamen, dat hett se up-
freten. He maakt se noch heel un deel kaputt, seggt
de Buer. Um he sik argern deit, fraagt Hans. Nee,
seggt de Buer, he argert sik nich oever so'n Kreihen-
schiet. He weet ja, seggt Hans, de sik argert, de
kriggt dat Krüüz braken. Och, he argert sik ja gar
nich, seggt de Buer.

Een Knecht, röppt de Fruu, un de maakt se ganz
alleen kaputt. Se will sik man mang de Büsche ver-
steken, seggt se, dat se sehn kann, wat he mit de
Göös maakt. Dat hett Hans hört. Ehrer he up'e Weid
geiht, seggt he to de Herr, he will sik de Buer sin
Flint mitnehmen, wenn dat Deert denn wedder
kümmt, denn kann he dat dootmaken. As he de
Oolsch mang de Büsche wies ward, schütt he na ehr,
do is se doot. To Avend bringt he de Göös wedder na
Huus. He schall man mal natellen, seggt he to de
Buer, dar fehlt uck nich een. Dat Beest, wat se up-
freten hett, seggt he, dat hett he dootmaakt. O, bölkt
de Buer, wat he nu wedder maakt hett, he hett sin
Fruu um'e Eck bröcht. Dar weet he nix vun, seggt
50

Hans, he weet bloots, he hett so'n fette Beest doot-
schaten. Man he, um he sik argern deit, fraagt he.
Ja, wiss argert he sik, röppt de Buer. Do hett Hans
em dat Krüüz braken; denn is he wedder na sik na
Huus gahn, un ik uck.

Suerkruut un Dodenbeens

Dar is vör lange Tied mal en arme Buer we'n, de hett dree Döchter hatt. De beide öllsten sünd smuck we'n un klook, man de jüngste hett dar nicht jüst mit prahlen kunnt, wo smuck se is, un mit ehr Verstand, hebben se meent, is sachs uck nich so vel los we'n. De anner beide stolte Oes hebben ümmer bannig grootsnutig daan un nobel un hebben ümmer feine Tüüg hebben musst, dat se de rieke Buerndöchter doch nix nastahn. Wenn se denn sodennig upviolt we'n sünd, hebben se se's jüngste Süster utlacht un hebben so daan, as wenn se blots se's Deenstdeern weer.

Man de dare Staat, de se ümmerto bedreven hebben, de kost't en Barg Geld, un do hett de arme Buer markt, bi so'n Aart Weertschopp kümmt he bi lütten up'e Hund, un wenn he sik noch so dull afmaracht. Un do seggt he een Dag to sin Deerns, de dare Kraam ward em bi lütten to dull, wenn he se all noch wieder antrecken un dörvuddern schall. Se sünd nu oold nugg, seggt he, dat se sik sülven se's Broot verdeenen koenen, un darum meent he, een vun se schall man in Deenst gahn.

Dar is de Öllste foorts mit inverstahn, se meent, so smuck, as se is, kriggt se in'e Stadt wiss en feine Platz. Se packt ehr Tüüg un Kraamstücken tosamen un geiht vull beste Haap ut ehr Vadder sin Kaat. Se nimmt de neegstbeste Weg un kümmt bald in en grote, düüstere Holt togang', dat geiht oever männig en Stunn. As se sodennig en paar Stunnen dör't Holt gahn is, warrn ehr de Fööt wehdoon, un Hunger hett se uck. Do sett se sik up en Steen, de dar an'e Weg liggt, kriggt en Stück Broot ut'e Tasch un will sik

eerstmal en beten plegen. Man knapp hett se an-
fungen un eten wat, do kümmt dar en sneewitte Pu-
del an un sett sik liekoever vör ehr dal. Dat Deert is
heel mager, un de Hunger kickt et ut'e Ogen. Denn
jault 'n un bedelt um en Stück Broot, man de Deern
is up dat Ohr harthörig un denkt, sülven eten maakt
fett, un quält sik den Deuvel um de dare Pudel.

As se ferdig eten hett un will wiedergahn, do ward
de Hund mitmal snacken un seggt, wenn se wieder
dör't Holt geiht, denn so bemött se en lütte griese
Keerl, de ward ehr fragen, um se nich will bi em in
Deenst gahn. Se kriggt bi em man Suerkruut un
Dodenbeens to eten, man liekers schall se dat man
foorts annehmen.

Un denn is de Pudel mitmal weg. Dar wunnert de
Deern sik bannig oever, man noch duller oever de
lütte griese Keerl un sin afsünnerliche Kost. Se kann
insehn, dat geiht dar nich mit gewöhnliche Dingen
to, un se nimmt sik vör, se will de dare Deenst man
annehmen. Driest geiht se wieder dör dat Holt, man
se weer leever wedder to Huus.

Se is noch nich wied kamen, do bemött se würklich
en lütte Keerl, de hett en griese Baart so lang, de
reckt em bet up'e Fööt. He fraagt ehr, um se will bi
em in Deenst gahn, man to eten kriggt se nix as Su-
erkruut un Dodenbeens. De Deern oeverleggt nich
lang' un seggt „Ja" un geiht mit de Griesbaart mit.
De geiht mit ehr lange, lange Tied oever Stock un
Steen, bargup un bargdal, bet se upletzt an en grote,
ole Slott kamen. Dar bringt he de Deern rin, un se is
so kaputt un möö', se geiht bald to Bett.

De neegste Dag wiest de lütte Keerl ehr, wat se to
doon hett, gifft ehr Suerkruut un Dodenbeens un

geiht denn mit de witte Pudel, de se de Dag vörher in't Holt sehn hett, rut ut dat ole Slott.

Se geiht bi ehr Arbeit un is dar bald klaar mit, denn vel to doon hett se nich. Denn sett se sik an'e Disch un itt dat Suerkruut. De Dodenbeens verstickt se in'e Dischlaad. As se satt is, verdrifft se sik de Tied mit allerhand Saken, bet dat Avend ward. Do kümmt de lütte griese Keerl mit de witte Pudel wedder na Huus un fraagt foorts, um se hett de Dodenbeens eten. Se oeverleggt nich lang' un seggt foorts „Ja". Do dreiht de lütte Keerl sik um na de Pudel un seggt: „Witte, wies din Künst!"

Foorts geiht de witte Pudel bi un snuppert un snoekert lang' in'e Stuuv rum. Toletzt treckt 'n de Dischlaad rut, finnt dar de Dodenbeens in un leggt se de lütte Keerl vör de Fööt. As de dare Dwarg de Knaken süht, ward he splitterndull, löppt na de Koek, kriggt sik dar en Biel her un haut de Deern dar doot mit.

As na en ganze Reeg Wuchen de öllste Dochter noch nie nich wedder na ehr Lüüd kamen is un se uck nix vun ehr hört hebben, do denkt de Buer sin tweete Dochter bi sik, ehr Süster mutt dat woll fein drapen hebben, dat se se so heel un deel vergeten hett. Un do denkt se, se will man uck to Stadt gahn un dar ehr Glück versöken.

Un denn nich lang' oeverleggt. Se packt ehr Tüüg un Kraamstücken tohopen, nimmt en Broot un en Stück Kees mit, seggt ehr Vadder adjüs un maakt sik up'e Padd na de Stadt. As se en Stück gahn is, kümmt se uck na dat grote, düüstere Holt, un as se möö' un hungerig is, sett se sik uck dal un will sik mit Broot un Kees plegen. Do kümmt uck wedder de witte Pudel un sett sik liekoever vör ehr dal un giert na dat

Broot, as wenn 'n ehr elkeen Brock wegsnappen will. Man de Deern hett en Hart vun Steen, se itt sik sülven satt un smitt de bedeln Hund nich een Krömel hen. Denn steiht se up un will wiedergahn.

Do ward de witte Hund mitmal snacken un seggt, wenn se deeper in't Holt kümmt, denn so bemött se en lütte griese Keerl, de ward ehr fragen, um se nich will bi em in Deenst gahn. Se kriggt bi em man Suerkruut un Dodenbeens to eten, un recht wat geven deit dat uck nich, man liekers schall se dat man foorts annehmen.

Denn is de Pudel mitmal weg. De Deern wunnert sik nu ja düchtig oever de Pudel, de snacken kann, un oever sin Raat, man se verleert nich de Moot un denkt, dar kann se vellicht ehr Glück finnen. Munter wannert se denn wieder in dat dichte, düüstere Holt rin un hett so ehr Gedanken. As se en ganze Stück gahn is, steiht upmal de lütte Keerl mit de lange, griese Baart vör ehr un fraagt ehr, um se nich will bi em in Deenst gahn; man to eten kriggt se nix as Suerkruut un Dodenbeens, seggt he. Man se lett sik dar nich vun bang' maken un nimmt dat an. De lütte, griese Keerl geiht denn mit ehr oever Stock un Steen, bargup un bargdal dör dat düüstere Holt, bet se toletzt in'e gresigste Wildnis dat ole Slott seh'n. Dar gahn de lütte, griese Keerl un de Deern rin, un se is so kaputt un möö', se geiht bald to Bett.

De neegste Morrn vertellt de lütte Keerl de nüe Deern, wat se to doon hett, wiest ehr düt un dat un gifft ehr dat Eten. Denn geiht he mit de witte Pudel rut ut dat Slott un verswinnt in't wille Holt.

De Deern deit ehr Arbeit, un as se dar klaar mit is, sett se sik up'e Koekenbank, nimmt de Teller mit dat eklige Eten, söcht dar de Dodenbeens rut un kleit se in ünner de Asch. Denn nimmt se dat Suerkruut un itt dat för de Hunger. Later kickt se sik in't Slott um un süßelt mit düt un dat, bet dat Avend ward. Denn kümmt uck de lütte, griese Keerl mit sin witte Pudel na Huus un fraagt uck glieks, um se hett dat Suerkruut un de Dodenbeens eten. Un se oeverleggt nich lang', se seggt foorts „Ja". Do dreiht de lütte Keerl sik um na sin Pudel un seggt: „Witte, wies din Künst!"

Foorts springt de Pudel tohööcht un snuppert un snoekert in all Ecken un Kanten vun'e Koek un kümmt toletzt uck na de Aschhümpel un finnt dar de Knaken in. As de Dwarg de Knaken wies ward, will he meist bassen vör Raasch, langt sik dat Biel her un haut dar dat Loegenmuul vun Deern de Kopp mit af.

Wieldes is uck de arme Buer dootbleven, un dar künd so vel Schulden up'e Hoff, dat de an de Lüüd fallt, de noch Geld vun em to kriegen harrn. Do blifft de jüngste Dochter nix anners na, se mutt ehr Broot in'e wiede Welt söken. Un do snört se ehr Bünnel un maakt sik up'e neegstbeste Weg, de na ehr Meenen to Stadt geiht.

Do kümmt se uck in dat grote Holt togang', un as se dar en lange Enne in gahn is, doon ehr de Fööt weh, un ehr Maag hängt up halvig dree. Do sett se sik dal up en ole Boomstamm, 'nem dick Moss up wasst, un will en beten utruhn un wat eten. As se dar so sitt un up ehr dröge Broot knauelt, kümmt wedder de witte Pudel un sett sik liekoever vör ehr dal. Do kickt 'n so gluupsch un giert na dat Stück Broot in ehr Hand, se weet foorts, wat he will. Do deit 'n ehr

56

so bannig leed, un se gifft em ehr ganze Broot, lie-
kers se sülven dar man knapp wat vun eten hett.

Do itt de Pudel, dat maakt richtig Spaaß un kieken
'n to, un denn ward 'n snacken un seggt, se ward in't
Holt en lütte, griese Keerl bemöten, de fraagt ehr,
um se vellicht bi em deenen will. Man to eten kriggt
se bi em nix as Suerkruut un Dodenbeens. Aver se
schall dat man driest annehmen, de Knaken kann se
denn ja man dalsmieten in'e Gaarn, dar will 'n se
denn al inklei'n.

Denn is de Pudel mitmal weg. De Geschicht mit dat
dare Deert kümmt ehr ja wat gediegen vör, man
bang' is se nich, se kriggt ehr Bünnel wedder hooch
un geiht wieder. As se wedder en Stück gahn is, be-
mött se de lütte Keerl mit de griese Baart, de fraagt
ehr, um se will bi em in Deenst gahn. Se hett nich
vel to doon, seggt he, man to eten kriggt se nix as
Suerkruut un Dodenbeens. De Deern denkt dar an,
wat de Pudel seggt hett, seggt foorts to un geiht mit
de lütte Dwarg mit. De bringt ehr wied, wied dör dat
dichte Holt, bet se toletzt na dat ole, grote Slott ka-
men. Man nu is de Deern möö' un matt, ehr fallen
rein al de Ogen to, un do geiht se bald to Bett un
slöppt geruhig bet to de neegste Morrn.

As de Sünn achter de Bargen hoochkümmt, steiht de
nüe Deern uck up un geiht an ehr Arbeit. De lütte
Keerl vertellt ehr, wat se de Dag oever doon schall,
gifft ehr dat eklige Eten un geiht denn mit de witte
Pudel rut ut't Slott. De Deern deit nu ornlich ehr
Arbeit, un as se dar ferdig mit is, nimmt se ehr
Schöttel, itt för de Hunger dat Suerkruut un smitt de
Knaken dal in'e Gaarn. Dar kleit de Pudel se denn
in.

As de Sünn ünnergahn is un dat ward Nacht, kümmt de lütte, griese Keerl na Huus un fraagt, um de Deern hett Suerkruut un Knaken eten. Do seggt de Deern „Ja", man se hett dar düchtig Hartkloppen bi. Do dreiht de lütte Keerl sik na de Pudel un seggt: „Witte, wies din Künst!" Man de wiest nix, un de inkleite Knaken kamen nich to Vörschien.

Dat schient, dat de lütte Keerl sik darto freut, un he seggt to de Deern, se schall de leeve Gott danken un schall Klock ölben upstahn un bet Klock twölf beden, denn passeert ehr nix. Se schall man nich bang' we'n vör de Lööw un de Undeerten, de warrn doon, as wenn se ehr upfreten woe'n. Man wenn se utholen deit, denn so schall se glücklich warrn.

De Deern deit up en Prick, wat de Dwarg seggt hett. As se mit de Arbeit ferdig is, geiht se in ehr Kamer, smitt sik up'e Kneen un bed't andächtig. Man knapp fangt dat an un slaan vun'e Slottstorn Klock ölben, do gifft dat so'n gresige Larm un Pultern in't Slott, dat all de Muern bevern. Dören fleegen up un to, un dat schient, as wenn de wille Jagd in'e Gangen is. Nich lang', do flüggt uck de Kamerdör up, un gresige Undeerten kamen rin, hulen, dat ehr meist de Ohren affallen, un woe'n de Deern oeverslucken. Man se lett sik nich stören in ehr Beden, se bed't höchstens noch duller, bet de Klock twölf sleit. Do ward dat mitmal boomstill, un de Deern leggt sik möö' to Bett un slöppt, bet de Morrn schummern ward.

Man wat is se verbaast, as se morrns de Ogen up-sleit, denn se is nich in ehr lütte, düüstere Kamer, se is in en grote, feine Stuuv. Se liggt in en siedene Bett statts up ehr armselige Strohsack, un an'e Wänne sünd oeverall feine Speegeln. Se kann sik gar nich satt seh'n an all de dare Pracht un Staat, se steiht up un will sik antrecken. Do sünd dar de feinste Kleeder för ehr paraat, un ehr ole Plünnen sünd nich mehr dar.

As se sik antrocken hett, kümmt en smucke junge Mann in'e Stuuv un dankt ehr darför, dat se em un sin Vadder rett't hett. Se sünd beid verhext we'n, seggt he, he in'e witte Pudel un sin Vadder in de lütte griese Keerl, un nu sünd se wedder erlöst. To Dank darför maakt he de true Deern to sin Fruu un maakt noch an'e sülve Dag Hochtied mit ehr. Do droehnen de Pauken un Trumpetten, un de Gloes klingen, as wenn dar Jahrmarkt is. Un se un de Ridder sünd uck se's Leven lang so glücklich bleven as an se's Hochtiedsdag un sünd bannig oold wurrn.

Wittfoot

Dar is mal en Mann we'n, Wittfoot hett he heeten, de
hett sik vun sin Grundherr Geld lehnt hatt. Man de
Herr hett dar keen Penn vun weddersehn, un toletzt
is he dar möö' up un luern, un do seggt he to Witt-
foot, de un de Dag kümmt he un haalt dat Geld. Un
de Dag, de he nöömt hett, kümmt he denn uck. Witt-
foot hett jüst en Putt Kartüffeln up't Füer, un wiel-
des de bi lütten to kaken kamen, oeverleggt he,
wodennig he ut de Geschicht rutkamen kann. So
draa he de Herr wies ward, maakt he dat Füer ut un
stellt de Putt merrn in'e Stuuv.

Wat de dare Putt denn dar merrn in'e Stuuv schall,
fraagt de Herr, as he rinkümmt, wat dar in is. Dar
hett he Kartüffeln in, seggt Wittfoot, de hett he ahn
Für to kaken bröcht. He hett 'n blots mit de dare
Püüster – de wiest he de Herr – dar hett he 'n mit
anpuust't. Un he schall man mal kieken, wo fein de
kaakt sünd. De so'n Püüster hett, seggt he, de spaart
en Barg Holt. De dare Püüster schall he em man
oeverlaten, seggt de Herr, denn will he em tweehun-
nert Daler aflaten. Is guut, seggt Wittfoot un gifft em
de Püüster.

De Herr nimmt de Püüster un gifft 'n to Huus sin
Deener, de schall 'n mal utprobeern. Veeruntwintig
Stunnen lang puust't de nu up en Putt los, man de
ward un ward nich kaken. Dat is de Herr ja nu gar
nich na de Mütz, un he löppt hen na Wittfoot. He
hett em en Püüster verköfft, seggt he, de schall grote
Wunners doon. Sin Deener hett nu veeruntwintig
Stunnen lang up en Putt lospuust't, man de is so
koolt bleven as vörher. O, seggt Wittfoot, sin Deener
is sachs to gluupsch tokehr gahn, he hett wiss to dull

60

puust't, un dar hett he de Püüster bi tweimaakt. De Herr geiht wedder na Huus up sin Slott un seggt to de Deener, Wittfoot hett seggt, he is to gluupsch to-kehr gahn un hett wiss to dull puust't un hett dar de Püüster bi tweimaakt.

Wat later köfft Wittfoot en ole Krack up'e Markt för föftig Schilling un stickt 'n en Goldstück ünner de Steert. De Herr kümmt wedder un will de Schulden halen; he kickt sik dat Perd an un wunnert sik ban-nig, as dar en Goldstück in't Stroh fallt. Wat, seggt he, Wittfoot finnt Gold in'e Miss vun sin Perd? Dat schall he em man verkopen, denn will he em noch-mal hunnert Daler aflaten. Wenn he dat so hebben will, seggt Wittfoot, denn so hört dat Perd em. Bi de Herr ward 'n dat uck sachs beter gahn as bi em sül-ven. Se schoe'n 'n man blots ümmer vörmiddags en Maat Haver geven un namiddags en Bunk Heu. De Herr nimmt dat Perd mit un gifft dat een vun sin Deeners to passen. Na dree Daag fallt et doot um, oold un flau, as dat is.

De Herr kümmt na Wittfoot un vertellt em de Saak. Wittfoot hört sik de Klaag ruhig an, un as he ferdig is, fraagt he, wodennig se dat Deert denn fuddert hebben. Vörmiddags Klock negen hett et en Maat Haver kregen, seggt de Herr, un namiddags Klock twee en Bunk Heu. Ja, denn is dat ja uck keen Wun-ner, dat dat Perd krepeert is, seggt Wittfoot, se harrn et schullt Klock tein an'e Vörmiddag de Haver geven un namiddags Klock een dat Heu. Na, seggt de Herr, se woe'n dar man nich mehr vun snacken. Man mal wat anners, seggt he, wat eegentlich Wittfoot sin Vadder maakt, em hett he al lang' nich mehr sehn. Sin Vadder is up'e Jagd, seggt Wittfoot. Allens, wat he dootmaakt, dat lett he liggen, un allens, wat he

nich dootmaakt, dat nimmt he mit. Wo dat denn an-
gahn kann, fraagt de Herr, wenn he em dat ver-
klookfiedelt, denn so will he em allens nalaten, wat
he noch schüllig is. Is guut, seggt Wittfoot. Sin Vad-
der is up Luusjagd. All de Lüüs, de he dootmaakt, de
lett he liggen, un all de Lüüs, de he nich dootmaakt,
de nimmt he mit. So, seggt he, un nu is he de Herr
nix mehr schüllig.

De Buer un sin Fruu

Dar is mal en Buersfruu we'n, de is bannig riek we'n, man uck bannig dumm, so dumm as en Stück Schiet. Mal hebben se en Swien slacht't, un de Buer – he hett en Barg Maleschen mit sin Oolsch – de schall jüst to Feld. Do fraagt de Fruu em, wat se mit dat dode Swien maken schall. De Buer seggt, mit een Stück schall se de Kohl spicken, un de Rest schall se upwahren för anner Mal. Vergrellt, dat en Huusfruu sik nich mal to helpen weet bi en Slachtswien, geiht de Buer to Feld, un dar maakt he ümmer noch en Gesicht as en Putt vull Müüs.

Sin Fruu nimmt sik ehr Mann sin Wöör to Harten, se nimmt dat halve Swien, slept dat rut na de Kohl-acker, snitt dat in lütte Striepens un spickt dar all de Kohlköppe mit. De sehn di vellicht mal gediegen ut mit de lütte Speckstücken dar up! As se darmit t'recht is, geiht se na Huus un denkt ümmerto an Annermal un wonem de sik rumdrieven mag. Se is al lang' in'e Döns, un se wunnert sik, dat Annermal gar nich kümmt un halen sin Deel. Do kümmt dar en arme, lütte Keerl mit en Bedelsack un fraagt um en Almosen.

Um he vellicht is Annermal, fraagt de Fruu em foorts.

Warum dat, fraagt de Ole; de Fraag verbaast em doch düchtig.

Ja, seggt se, ehr Mann hett ehr heeten, se schull för Annermal dat halve Swien upwahren, dat se de Morrn slacht't hebben, un do luert se nu al de ganze Tied up Annermal, man de kümmt un kümmt nich, un de Buer is vundaag liekers al vergrellt.

Ja, ja, seggt de Bedelmann, klaar, he is Annermal, un dat is ja fein, dat he nich to fröh kümmt.

Do freut de Fruu sik, löppt na de Koek, haalt dat halve Swien un laad't de Bedelmann dat up'e Rügg.

Dar hett he ja düchtig an to slepen, denkt se, un he deit ehr rein leed. Man em maakt dat nix ut, as't schient, un he maakt sik up'e Socken un löppt afste', dat de Grund man so dampt ünner em.

Dat duert nich lang', un de Buer kümmt na Huus. He fraagt sin Fruu, um se hett dat Swien ferdig. O ja, seggt se, de Kohl is al spickt, he schall man rut gahn up't Feld un sik dat ankieken, un Annermal is uck dar we'n.

De Buer meent, he hört nich richtig, un geiht rut up't Feld. Dar süht he denn, all de gröne Kohlköppe sünd mit Speck utstaffeert. Do ward he splitterndull un rönnt na Huus, he will sin dumme Oolsch, de de Kraam sodennig verbumfeit hett, wegjagen.

Man mit en dumme Oolsch ward een nich so gau t'recht. Se seggt, he schall ehr dat doch man nich för oevel nehmen, blarrt un blifft bi un versprickt em, se will sik betern, un do gifft he upletzt na, un allens is wedder in'e Reeg.

En paar Daag later hett de Buer sik de Büx twei-reten, un do seggt he to de Fruu, se schall em doch de Büx flicken, man ornlich un richtig. De Buer deit wieldes sin Arbeit. Do steiht de dumme Oolsch vör de tweie Büx as de Oss vör't nüe Heck un weet nich, wodennig se dat anstellen schall. Toletzt fallt ehr wat in. Se geiht in'e Slaapkamer, haalt ut'e Kist de Büx vun ehr Mann sin Schapptüüg, klippt de twei un flickt dar de Arbeitsbüx mit. As de Buer denn en

64

paar Daag later sin Schapptüüg antrecken will, do kann he de Büx nich finnen, un as he denn nafraagt, kriggt he ja to hören, wat dar los is. Do gifft dat wedder Rook in'e Koek, un de Buer un sin Fruu kieken sik so leevlich an as Hund un Katt.

Man bi lütten löppt sik allens wedder torecht, un de Buer un sin Fruu snacken wedder tosamen, ahn dat se an eenanner vörbikieken. Do meent de Buer mal, sin Bett döcht nich recht wat. Anner Lüüd, seggt he, de hebben so'n feine un rendliche Betten, dat is en Spaaß, man sin is as so'n muffige Nest. He seggt to sin Fruu, se schall doch dat Bett mal reinmaken un utlüften.

De Buer fahrt denn to Stadt, un sin Fruu nimmt de Betten, slept se up't Dack, snitt se dar up un schüddelt de Feddern up en Laken. Man dat duert nich lang', do kümmt de Wind, blaast recht lustig in de lose Feddern, un do kriegen de ja Flünken un fleegen hier hen un dar hen, un de Navers meenen, dat sneet ut'e blaue Heven. As de Buer denn avends na Huus kümmt, möö' un matt, un will sik to Bett leggen, do finnt he blots de leddige Bettstä' un nich een Fedder dar in. Do vertellt sin Fruu em, wodennig dat kamen is, un do ward de Buer so dull un füünsch, dat he ehr um'e Eck bringen will. Man se bedelt un dibbert so lang', bet he ehr dat Leven lett, man bi ehr blieven will he um allens in'e Welt nich mehr. He snört sik en Bünnel un will so wied gahn, bet he een finnt, de noch doesiger is as sin Oolsch. Wenn he keen Dummere finnt, denn so will he wedderkamen un sin Oolsch ahn Erbarmen afmurksen.

Do geiht he denn un geiht ümmer wieder oever Barg un Slunk, un toletzt kümmt he in en ganz, ganz gro-

65

te Stadt togang'. As he nu so dör de feine, breede Straten geiht un mit apen Muul de feine Hüser angluupt, do röppt en Fruunsminsch ut en Finster na em dal, warum he denn ümmer sodennig tohööcht kickt. – Wonem he na kieken deit? He is dalfullen ut'e Himmel, seggt he, un nu mutt he dat Lock söken, dat he dar wedder rup kümmt. Do ward de Fruu sik freu'n un fraagt foorts, wodennig dat denn ehr selige Mann geiht dar baven in'e Himmel.

Och, dat geiht so wied, seggt he, man he hett keen Geld un keen Tüüg, un do mutt he even Küll un Langewiel lieden.

Och, röppt de Fruu, wenn't wieder nix is, denn will se em noch helpen. Tüüg un Geld will se em mitgeven so vel, as he will. Do mutt de Buer rupkamen in't Huus, un denn gifft se em so vel Geld un Tüüg, he kann dat meist nich utholen, un he is froh un geiht gau wieder.

As he weg is un de Fruu freut sik, dat ehr eerste Mann dat baven in'e Himmel guut hett, do kümmt ehr tweete Mann, un se vertellt em, ehr eerste Mann geiht dat guut, un dar is jüst Schangs we'n, un do hett se em Geld un Tüüg schickt. As de Herr dat hört, ward he füünsch as en kalekuutsche Hahn, schimpt sin Fruu düchtig ut, lett sin Perd sadeln un ritt stracks achter de Buer ran. Man as de gewahr ward, dar kümmt en Rieder achter em, nimmt he sin Bünnel dal, verstickt dat in'e Büsche un leggt sik dal in't Gras, as wenn he slöppt. Do kümmt de Herr anreden un fraagt, um he nich hett en Keerl sehn mit en Bünnel. Ja, wiss, seggt he, dar is jüst een mit en Bünnel langkamen, de kann he licht tofaten kriegen, wenn he em gau achterna geiht. Man, sett he plietsch darto, wenn de Keerl dat Trappeln vun't Perd hört, denn so verstickt he sik ja vellicht.

Dat lücht't de Herr in, he stiggt vun't Perd, lett dat bi de Buer stahn un löppt to Foot wieder. Knapp is de Herr weg, do denkt de Buer, nu hett he uck noch en Perd, springt dar fix rup un klabastert dar afste' mit. He is en ganze Tied reden, do kümmt he na en eensame Huus, dar steiht en Schüün blangenbi. Do stiggt he af, denn dat is Avend wurrn, un he söcht en Nachtlager un geiht in't Huus rin. Do sünd dar twee griesköppige Jumfern bi un woe'n frische Noet mit twee Heuforken to Boehns bringen.

As he dat wies ward, ward he luut lachen, denn he süht, dar leven doch noch dummere Lüüd up Gott sin Eerde as sin doesige Oolsch. Do sett he sik wedder to Perd un ritt un ritt, bet he wedder na sin Oolsch na Huus kümmt. De freut sik bannig, as ehr Mann wedderkümmt, un se seggt em to, se will sik recht klook anstellen. Do leven de beiden tohopen glücklich un froh, un de Buer freut sik ümmer wedder, wenn he dar an denkt, dat dat up'e Welt noch dummere Lüüd gifft as sin Oolsch.

De bunte Buer

Dar is mal en Buer we'n, Hick hett he heeten, man se hebben all blots „de bunte Buer" to em seggt. He is heel arm we'n, acht Soehns hett he hatt un nix för se un leven vun. Sin Fruu is em uck dootbleven vör luder Hunger un Elend, un do kriggt he sin dode Lieschen faat un geiht to Stadt to Markt un spazeert mit ehr up dat Flach rum, 'nem de Keeswiever sitten. Up'e Markt hett he sin Lieschen recht ünner de Arm faat, as wenn he recht vull Leev mit ehr rumflaneert, un darbi mantscht he ümmer mit de Hänne in de Keeswiever se's Kees rum. Do woe'n de em hau'n, man he büggt sik to Siet, un do drapen se sin ole Lieschen. De bunte Buer lett ehr foorts dalfallen un seggt, de Keeswiever hebben em sin Fruu doothaut. Do geven se em all se's Kees, dat he se man jo nich verklagen deit, un se kopen em dar uck noch en Barg Bröde to. Do freut de bunte Buer sik un slept dat na Huus na sin Soehns un levt mit se en ganze Tied vun de dare Kees un dat Broot, un se sünd fein toweg'.

As allens upeten is, hungert he wedder bannig mit sin acht Soehns, un do seggt he to se, se woe'n man en Koh ut Holt maken un tosehn, um se dar nich en richtige Koh ut Fleesch un Knaken mit winnen koenen. En Koh mutt en Buer doch hebben, seggt he, un de nährt se denn all tosamen mit ehr söte Melk. Do buut Hick mit sin öllste Soehn en holten Koh un maakt 'n Rullen ünner de Fööt. As 'n ferdig is, seggt he to de Veehwahrer, dat is nich recht un billig, dat he all de Jahren dar in't Dörp de Weidestüer betahlen mutt, wo he doch gar keen Koh hett. Darum hett he sik nu en Koh vun'e Markt haalt, un de will he vundaag mit rutdrieven. De kennt ja sachs de Weg

68

noch nich, seggt he, darum will he sülven mitgahn un 'n up'e Weid drieven. He schall man blots uppassen, seggt he to de Veehwahrer, dat 'n em nich weglöppt un dat 'n to Avend wedder ornlich mit na Huus kümmt.

Do löppt de bunte Buer mit'e Pietsch achter de Koh ran un treckt 'n ümmer mal wecken oever, un darbi schüfft he 'n up Rullen merrn achter de Flock ümmer vör sik her. De Veehwahrer wunnert sik rein, wo flink to Beens de arme Buer sin Koh is. Man up'e Weid süht he, dat Deert steiht ümmerto an een feine Stä' mit Blöme, un do is he nich bang', dat 'n em weglopen kunn, un he quält sik dar nich mehr um. Un he vergitt 'n uck, as he mit sin Flock na Huus drifft, un lett 'n dar mang de Blöme stahn.

Man in't Holt blangen de Weid liggen al de bunte Buer sin Soehns up'e Luer, un as de Veehwahrer weg is mit sin Flock, do schuven se de holten Koh rin in't Holt un versteken 'n dar. As de Veehwahrer nu in't Dörp rinkümmt, do steiht dar uck al de bunte Buer un fraagt, wonem sin Koh is. Wonem schall de al we'n, seggt de Veehwarer, de steiht wiss noch up'e Weid, de Krüder un Blöme dar hebben 'n ja so bannig guut gefullen. Do gahn se foorts tosamen hen, man de holten Koh is weg vun'e Weid, un do mutt de Veehwahrer de bunte Buer dar en lebennige Koh för weddergeven

Sodennig levt denn nu de bunte Buer mit sin acht Soehns, bi Nacht liggen se mitn'nanner in't Moss un elkeen kriggt all negen Daag de Melk vun'e Koh, anners hebben se nix to eten. Man de Buer sin jüngste Soehn freert ümmer so dull, un do laten de annern em in'e Mitt liggen, un wo he ümmer so'n Hunger hett un uck noch en bet' stievköppsch is, do oeverlett de öllste Broder em all negen Daag sin Melk un hungert för em. Sodennig levt Hick mit sin acht Soehns ümmer noch in grote Verdreet, un do warrn se sik upletzt eenig, se woe'n de Koh slachten un dat Fleesch upeten. As dat all is, hängt de ole Hick sik dat Kohfell um mit de Haarsiet na binnen un de Fleeschsiet na buten un will dar na de Garver mit. Do sett sik dar en Raav up'e Huut, de hett noch mehr Hunger as Hick sin Soehns un will dar en Stück Fleesch afhacken, dat is dar noch an sitten bleven. Do grippt Hick sik de Raav un hollt 'n fast.

He kümmt na de Garver sin Huus, man de is nich to Huus, un do kümmt he dar jüst oever to, as de Garver sin verdreihte Oolsch wat Wien ünner de Trepp un in'e Bettstä' versteken deit, dat se dat heemlich utsupen will. Upletzt kümmt de Garver denn wedder an'e Kaat, un do fraagt Hick em, wat he utgeven will för en Kohfell un en Raav, de wahrseggen kann. Denn schall he man eerstmal hören laten, um 'n uck sin Kraam versteiht, seggt de Garver. Do röppt de Raav: Ga! He seggt, dar sünd veertig Buddeln Wien ünner de Trepp verstaken, verknoopfiedelt de bunte Buer. Na, dat weer ja wat, röppt de Garver un löppt dar hen un finnt richtig de veertig Buddeln Wien. Do röppt de Raav: Kra! Wat he denn nu seggt hett, fraagt de Garver nieschierig, denn he harr noch Lust un finnen noch mehr Wien. Na ja, seggt Hick, he meent, dar sünd uck noch twintig Buddeln in't Bettstroh verstaken. Dat weer den Deuvel! röppt de Garver, löppt gau hen un treckt de twintig Buddeln ut dat Bettstroh. Un denn betahlt he för de Raav en Barg Geld un för dat Kohfell, wat dat weert is.

As Hick na Huus kümmt, wunnern de Buern sik bannig oever all dat Geld, wat he mitbringt. Do seggt he, he hett sin Koh slacht't, un de Fellen sünd düt Jahr bannig hooch in'e Pries. Do slachten all de Buern se's Köh un gahn mit de Fellen na de Garver, man se kriegen dar nich recht wat för. Do marken se ja, Hick hett se anscheten, un do laten se en Tunn maken, setten Hick dar rin un woe'n em in't Water smieten. Man ünnerwegens holen se an bi en Kroog, se woe'n eerstmal en lütte een nehmen. Wieldes kümmt dar en Schäper langs mit sin Flock, em lüggt Hick vör, he will nich Börgermeister warrn, un darum woe'n se em in't Water rullen. Denn will he för em in'e Tunn stiegen, seggt de Schäper, un wenn se an't Water sünd, denn will he ropen, he hett sik nu besunnen un will doch Börgermeister warrn. Na, denn man to! De Schäper helpt Hick ut dat Fatt un klarrt dar sülven rin. Hick spunnt dat Fatt guut to, dat de Buern nich foorts Müüs marken, un drifft afste' mit de Schäper sin Flock. Denn kamen de Buern mit en Haarbüdel ut'e Kroog, man se hör'n gar nich na de Schäper sin Bölken, dat he Börgermeister warrn will, un rullen de Tunn to Waters.

Knapp sünd de Buern to Huus, do kümmt Hick mit de Schaap uck an; he hett en lütte Umweg maakt. Do wunnern de Buern sik un fragen, wodennig he ut't Water rutkamen is un wodennig he bi de Schaap kamen is. Och, seggt de bunte Buer, ut dat Water rutkamen, dar is doch nix bi, un de Schaap, de hett he ut't Water mitbröcht, wonem he de anners woll her hebben schull. Do ropen de Buern foorts, wenn he se nich de Schaap in't Water wiest, denn so woe'n se em nochmal rinsmieten. Is guut, seggt Hick, se schoe'n em man en beten Ruh günnen, man de anner

Dag, wenn't hell ward un he sin Schaap rutdrifft, denn so schoe'n se man mit em gahn, denn will he se de anner Schaap in'e See wiesen.

As Hick de neegste Morrn mit sin Schaap up'e Weid will, do luern all de anner Buern al vör sin Huus up em. Do drifft he sin Schaap na't Water to, un all de Buern kamen achterna. Un do lett he de Schaap enkelt baven up't hoge Över langgahn, un do speegeln se sik all nedden in'e See. Kiek dar, seggt Hick un wiest in't Water. Do freu'n de Buern sik, un Hick seggt, een vun se mutt nu dal un de Schaap griepen un ruplangen. Man wenn he beide Hänne rutstickt, denn so hett he en arig sware Hamel faat un kann 'n alleen nich böhren.

Do springt een vun de Buern in't Water, man he kann nich swümmen un fahrwarkt eerst en Tied mit de Hänne ünner't Water rum, do meenen all de Buern, he söcht sik dat fettste Schaap ut. Man denn reckt he beide Hänne ut't Water tohööcht, un do springen foorts noch en paar Buern rin, dat se em helpen woe'n un griepen de Schaap un böhr'n se rut. As se in't Water kamen, do maakt dat Plumps! Do verstahn de anner Buern, se ropen „Kumm!", un do springen se all upmal achterran. De sik naher an't Över retten un hoochklarrn woe'n, de haut Hick mit'e Schäperhaak up'e Kopp, dat se wedder dalplumpsen. Sodennig moeten all de Buern jämmerlich versupen, un Hick ward nu Herr oever't heele Dörp.

Do wahrt Hick mit sin acht Soehns de Flocks, de he vun'e Schäper nahmen un vun de Buern arvt hett. Man de jüngste Soehn is en Doeskopp un verfumfeit dör sin Doesigkeit wedder allens, wat Hick dör sin Plie kregen hett. Mal hett Hick för sik un sin Soehns

Klümp mit Melk kaakt, do nimmt de jüngste Soehn
vör Middag de Klümp un stickt se in'e Löcker, de de
Schaap up'e Weg pedd't hebben. He meent, anners
breken de Schaap sik de Beens af, wenn se dar wed-
der langdreven warrn. Faken, wenn he de Schaap
wahrt, denn glupen se em all an un freten nich. Do
seggt he to de Schaap, wenn se nich freten, denn so
will he se de Hals afsnieden. Man de Schaap ver-
stahn em ja nich un glupen em blots noch mehr an
un freten doch nich, un do snitt he se de Hals af. Un
wenn de ole Hick sin Soehn denn strafen will, denn
hett de öllste Broder Mitleed un will dat nich heb-
ben, un do is Hick mit sin Söhns dör de Jüngste sin
Doesigkeit bald wedder jüst so arm as vörher. Un nu
liggen se wedder all negen in't Moss un hebben nix
na as een Koh, dar kriggt elkeen all negen Daag de
Melk vun, un wenn een se mal en Stück Broot
bringt, seggen se dusendmal Dank. Un darbi harrn
se feine Flocks hebben kunnt vun Schaap un Zegen
un Veeh, un Melk un Botter un Kees mehr as nugg,
un allens, wat se sik man wünschen koenen, un
harrn dat gar nich nödig un liggen in't Moss.

De Katenmann sin Soehn

Dar is mal en ole Mann we'n un en ole Wief in se's ringe Kaat nich wied vun'e König sin Slott. Se hebben een Soehn hatt, un de hebben se bannig leev hatt, liekers he obsternaatsch un fuul we'n is un to nix to bruken. Se hebben uck een Koh hatt, de hett he wahren schullt, man sogar dat is em to vel Arbeit we'n, un do hett de Koh sik toletzt sülven wahren musst. Do is dat de Ole doch upletzt to bunt wurrn, un he hett de fule Bengel ut't Huus jaagt.

Do mutt he denn ja weg, un he geiht lang', lang', bet he na en Hoff kümmt. Dar kloppt he an'e Dör. Do kümmt dar en Mann rut un fraagt, wat he will.

Sin Vadder hett em wegjaagt, wiel dat he so obsternaatsch un fuul we'n is, vertellt de Bengel, un nu wull he em be'n un geven em Harbarg.

Dat schall he woll kriegen, seggt de Mann, man de neegste Dag hett he denn wat to doon för em. He schall man weeten, seggt he, he is de König sin boeverste Harder.

Toeerst seggt de Jung dar nix to, man na en beten Toegern geiht he dar doch up in.

Do bringt de Mann em in't Huus, dar sünd twee junge Deerns un de Herr sin Fruu. Denn kriggt he wat to eten, Fleesch un Broot. Man vel snackt ward de dare Avend nich, un he kriggt uck keen Updrag. He geiht denn bald to Bett un slöppt bet to de helle Morrn.

As he sik antrocken hett, kümmt de Herr na em un seggt, nu hett he wat to doon för em. Wat dat denn is, fraagt de Jung. Och, nix anners as hunnert Swiens wahr'n, seggt he. Dat is he nich wennt, seggt

74

de Jung. Helpt nix, seggt de Mann, doon mutt he dat liekers.

Do kriggt he de Swiens un drifft mit se rut up't Feld. Man as se dar en Tiedlang rumwöhlt hebben, warrn se so wild un balstürig, he kann dar keen Stüer up holen. Se weern sachs all in'e Bargen lapen, man to sin Glück is dar en enge Stä', dar pietscht he se rin, un denn drifft he se vun dar liekstermang na Huus na sin Vadder sin Kaat.

De ole Katenmann kann dat ja gar nich begriepen, wat dat bedüden schall, un he fraagt sin Soehn, wonem he de dare Flock vun kregen hett. De dare Swiens sünd de König sin boeverste Harder sin, seggt de Jung. He hett se em geven, he schull se wahren, man he hett se nich stüern kunnt, un do hett he dacht, dat is dat Beste un drieven se na em na Huus. He schall de dare fette Fang man utnütten un se foorts alltohopen slachten.

Gott bewahre, seggt de Vadder, dat will he fein nalaten, dat wurr de Jung ja dat Leven kosten. Och, meent de, em ward al wat infallen, dat he sik dar rutsnackt kriggt.

Do slacht't de Ole denn all de Swiens, un naher bringen se allens fein an'e Kant. Denn will de Jung en Stück starke Tau hebben, un dat kriggt he uck. Do binnt he de Steerten vun all de Swiens tosamen un maakt se an een Enne vun't Tau fast.

Dicht bi de Stä', 'nem he de Swiens hett wahren schullt, is en lütte Moorlock. Dar geiht he hen un lett dat Tau mit de Steerten dar sodennig in versacken, dat blots noch de Spitzen ut'e Mudd rutkieken, ümmer mit en lütte Twischenruum darmang. An't Över liggt en grote Steen, de kriggt he in dat Moorlock rinmarst merrn up dat Tau mang de Steerten, man sodennig, dat een 'n nich sehn kann. Un de Steerten sülven sünd so guut fastmaakt, dat een sik noch so dull aftiern kann, se laten sik nich afrieten.

As he dat allens klaar hett, löppt he na Huus na sin Herr un maakt so'n trurige Gesicht, dat de em fragen mutt, wat em denn weg is un wonem he de Swiens laten hett. O, seggt he, dar schall he blots still vun swiegen, dar gifft dat en ganze Barg vun to vertellen. As he mit se up't Feld kamen is, seggt he, do sünd se so wild un balstürig wurrn, se sünd na all Kanten ut'nannerbeestet. He is se allerwegens hen achternarönnt, dar weer he meist sülven bi hopps gahn. He hett dat toletzt uck schafft un kriegen se wedder up een Dutt. Man denn is dar wat passeert, dat harr he nie un nümmer för moeglich holen. Se sünd all mit'nanner na dat Moorlock to rönnt un dar rinsprungen, un in Null Komma nix sünd se verswunnen. Verswunnen un weg sünd se we'n, he hett nix mehr vun se seh'n kunnt as blots de Steerten, de hebben noch ut'e Mudd rutkeken.

Dat hett he sik ja fein utklamüüstert, meent de Herr. Nee, nee, seggt de Jung, dat is de reine Wahrheit. Do lopen se all beid hen na dat Moorlock, un do süht de Herr, dat is allens so, as de Jung em dat vertellt hett. He geiht bi un trecken an'e Steerten, man so dull he sik uck aftiert, de sitten fast. Do mutt de Jung em noch helpen, man darför geiht dat uck nich lichter. Dat is ja nu würklich en wunnerliche Kraam, seggt de Herr, denn will he em dat uck nich vörsmieten, he kann ja seh'n, he hett dar keen Schuld to. He mutt sik denn mit de Verlust affinnen, so guut as't geiht.

Denn gahn se all beid na Huus. De Jung geiht to
Bett, as wenn nix passeert weer, un slöppt fast un
ruhig de heele Nacht dör. De neegste Morrn kümmt
de Herr wedder na em un seggt, he hett nu wat an-
ners to doon för em. He hett hunnert Schaap, de
schall he em wahren; man he schall jo guut uppas-
sen, dat em dar keen vun wegkümmt. He kann't ja
mal versöken, seggt de Jung, kriggt de Schaap un
drifft mit se rut na de Wisch. Dar hett he se toeerst
dicht tosamen, un he versöcht uck un holen se up en
Dutt. Man dat wahrt nich lang, do warrn de Schaap
so balstürig, he schafft dat nich un holen se tosamen.
Do ward he bedröövt, man uck füünsch. Dat is nu sin
Straaf, meent he, för dat he is so obsternaatsch we'n
to sin Vadder, as he de Koh hett wahren schullt, un
nix för em hett doon wullt.

Denn kriggt he sin Fööt in'e Gang', löppt rund um all
de Schaap un drifft se in en dichte Flock liekster-
mang na Huus na sin Vadder sin Kaat. As de Ole de
grote Flock Schaap wies ward, wunnert he sik ban-
nig un fraagt, wat dat bedüden schall, wonem he de
dare Schaap funnen hett, wokeen sin dat sünd. De
Jung vertellt em de heele Saak, man do seggt de Ole,
he schall upholen mit so'n leege Toeg un so gau as't
geiht mit de dare Schaap na Huus na de boeverste
Harder trecken.

Nee, seggt de Jung do, so doesig is he nich. Se woe'n
se slachten, un dat Fleesch schall he för sin Weert-
schopp beholen. Nee, nee, seggt de Ole, denn so wurr
em dat bald an'e Kraag gahn. Och wat, seggt de
Soehn, dat is noch lang' nich rut. Man wat dar uck bi
rutsuern mag, he will nu mal sin Willen hebben.

He besabbelt de Ole so lang', bet se würklich all de
Schaap slachten un de Rumpen un all dat Ingedöm,

77

de Fellen un de Köppe an'e Kant bringen. Blots de Kopp vun dat Schaap, wat de Flock ümmer vörangeiht un Bimmeln an'e Hoorns hett, de will de Soehn beholen. He löppt dar to Holts mit na de Stä', 'nem he de Schaap harr wahren schullt. Dar is en lütte Barg, un baven up en grote Fels. Ganz baven up'e Fels is en Grasplack, un dar up is en gewaltige Buschwark mit Telgens na all Kanten. Do klarrt he mit de Schaapskopp de Fels hooch un treckt sik an'e Telgens na dat Gebüsch rup, bet he de middelste Telgen langen kann. Dar maakt he de Kopp an fast — he hett dar eerst noch en Tau dörtrocken — un lett de Hoorns baven rutkieken. Dat weiht dar baven ganz düchtig, un do warrn de Bimmeln bald lustig klingeln. Denn klarrt he de Fels wedder dal. As he nedden is, kann he de Kopp nich mehr sehn, denn de Fels is recht hooch, un de Büsche sünd bannig dicht. As he dat allens klaar hett, löppt he na Huus na de boeverste Harder un kümmt dar an dörchnatt vun Sweet un mit en trurige, bedröövte Gesicht.

As de Herr em sodennig ankamen süht, fraagt he em foorts, wat dar los is mit em un wonem he de Schaap laten hett. O, dar schall he blots vun still swiegen, jammert de Jung, he weet gar nich, wat dat för'n wunnerliche Saken sünd, de em dar passeern. Man de Herr ranzt em an, he schall dar foorts mit vördag kamen un seggen, wat mit de Schaap passeert is. Do ward de Jung blarrn un kann toeerst gar nix rutkriegen, denn stamert he, he kann dat knapp vertellen. De Schaap, de … de sünd so balstürig we'n, he hett se gar nich holen kunnt. He is so … so dull lapen, he weer dar meist dootgahn vun, un … un he hett se uck inhaalt. Man do … do hett he sin Ogen nich truu'n wullt, do hett he dat ganz dull susen hört, un

78

... un he hett meent dar kümmt en Storm. Dat ... dat sünd de Schaap we'n, de ... de sünd vör sin sehen Ogen in'e Heven rupfahrt. He hett dar stahn, seggt he, as weer he vun Steen, un he hett se lang' achterna keken, un ümmer hett he dat Klingeln vun de Bimmeln an dat Schaap hört, dat ümmer vörut gahn is. Se sünd sachs in'e Heven upnahmen wurrn, meent he.

Dat sünd doch utgestunkene Loegen, de he Hallunk em dar updischen deit, bölkt de Herr. Nee, dat is so wahr, as dar en Sünn an'e Heven is, seggt de Jung, un wedder lopen em de Tranen langs de Backen. Wenn he em dat togloven schall, seggt de Herr, denn schall he em dat bewiesen. He schall man mitkamen un dat mit eegne Ogen sehn, seggt de Bengel.

Do maken se sik beid up'e Padd, man dat is nu al meist Avend, un dat ward al schummerig. De Jung löppt vörut, bet he na de Fels kümmt, 'nem dat Gebüsch up is. Man nu is dat al so düüster, een kann de Fels in't Schummern knapp noch sehn. Man dat Gebimmel baven in de Luft, dat hört de Herr ja. Um he nu dat Klingeln vun de Bimmel hört, de dat vörderste Schaap up'e Hoorns hett, fraagt de Jung. Ja, seggt de Mann un kickt rup in'e Luft, nu hört he dat sülven. He hett de Wahrheit seggt. Se sünd in'e Heven upnahmen wurrn, un darum kann he em dar nich de Schuld för geven, dat weet he. He schall uck keen leege Wöör vun em to hören kriegen, seggt he, he will seh'n un finnen sik dar af mit, wat he tosett hett. Denn gahn se wedder na Huus un slapen beid de Nacht dör.

De neegste Morrn kümmt de Herr wedder hen na de Jung un seggt, dat schull em nich wunnern, wenn he de Näs vull harr vun so'n Arbeit, man liekers hett he em för de Dag nochmal so een todacht. He schall veertig Ossen wahren, de hören em to oder eegentlich de König. Man dar mutt he extra guut up uppassen, dat em dar keen vun wegkümmt. Een vun se hett gollne Kanten an'e Hoorns un an'e Klauen, un de dare Oss hollt de König ganz grote Stücken up.

De Jung freut sik dar gar nich to, man he nimmt doch de Ossen un glitt sik verdreetlich af mit se. Man knapp is he mit se up'e Weid ankamen, do warrn de Beester mitmal all unruhig, un de feine Oss löppt mit Bölken wild vörweg. Nu weet de Jung recht guut, wonem sin Vadder sin Koh up Gras hett, un do maakt he mang de Deerten so'n Larm un Spektakel, dat se all dar henlopen, 'nem de Ole sin Koh up Gras löppt. Do ward de König sin Oss luut bölken, de Koh antert em, un se lopen sik beid in'e Mööt. Un de annern lopen all in'e sülve Draff achter de Oss ran. Do drifft de Jung se all tohopen, bet dat toletzt all een Gewimmel is; denn löppt he hen na sin Vadder sin Koh un bringt 'n na Huus na de Melkplatz.

De Ole steiht vör de Kaat. Do süht he upmal en gewaltige Flock Veeh up sin Melkplatz kamen un sin Soehn an'e Spitz mit sin eegne Koh an en Tau. As he dat süht, will he al dull warrn, man he geiht doch hen na de Melkplatz un fraagt sin Soehn, wat he dar denn will, un do kriggt he uck bald he heele Wahrheit to weeten.

Denn schall he man tosehn un bringen de Beester so gau as't geiht wedder na sin Herr, seggt he do. Nee, seggt de Soehn, de schall he hebben. Dat gifft en gude Braa', meent he, se sünd düchtig fett. De Ole will dar um allens in'e Welt nix vun weeten un beholen de Deerten, man de Soehn kriggt em toletzt doch besnackt, dat he se fastbinnen deit. Denn gahn se bi un slachten de eene na de anner.

De Ole is en düchtige Keerl, un 'nem he tolangt, dar hett dat sin Aart. Man dütmal mutt he all sin Knoev bruken. Se holen eerst up, as se all de Deerten slacht't un de Köppe afsneden hebben. Toletzt kümmt de König sin Oss an'e Reeg. Se schaffen dat uck un binnen 'n un smieten 'n dal. De Soehn schall de Tampen fastholen so as ümmer, man de Oss ritt so dull hen un her, dat all de Tauen tweirieten. Do springt 'n up, löppt oever de blöddige Platz, ward wild un rönnt weg. De Jung ja nix as achterher. Se lopen oever Stock un Steen in't Holt rin, man de Jung kümmt 'n nich neeger, bet de Oss in en drange Slunk mang wecke Felsen kümmt, de hört to de boeverste Harder sin Land. In de dare Slunk gifft dat noch en Barg anner Slunken un enge Stä'n. In een darvun löppt de Oss rin, un dat duert en ganze Tied, bet de Jung 'n dalkamen hört. Man as 'n nedden ankamen is, hört sin Bölken sik an, as wenn dat vun wied weg kümmt. He hett wecke Rietsticken bi sik, un do kümmt he up de Idee un fengen se an un smieten se dal up'e Grund vun'e Slunk. Do söcht he sik wat Haarz, smert dat up en Stück Barkenbork un smitt de uck dal up'e Grund vun'e Slunk, un dar gifft dat foorts en lustige Füer. So draa as he markt, dat Füer kriggt faat up'e Oss sin Fell un sengelt de Haar an, löppt he so dull, as he man kann, na Huus na sin Herr.

He is dütmal lang' wegbleven, seggt de, wat mit dat Veeh passeert is. De Bengel deit, as wenn he knapp snacken kann för idel Kummer un Sorg. Toletzt seggt he, dat is ümmer de ole Geschicht, dat Veeh is weg ... weg! Wat, bölkt de Herr, weg? Dat lüggt he doch, schimpt he. He seggt de reine Wahrheit, seggt de Jung. As he de Deerten up'e Weid dreven hett, seggt he, do sünd se rein mall wurrn, un he hett dar keen Stüer up holen kunnt. De feine Oss is vörut rönnt un all de Beester achterher, un denn sünd se in'e Eerde verswunnen. Se moeten dar sachs all versackt we'n, Denn in een Slunk hett he en Lock funnen, un em dücht uck, he hett se dar bölken hört. Man heel wiss meent he, he hett de Oss mit de Goldhoorns sin Bölken kennt. Un denn is em dat uck so vörkamen, as wenn dar nedden Füer brennt hett, un dat is wiss de Swatte sülven we'n, de is dar sachs to Huus, denn he hett Swevelstank in'e Näs kregen.

Do bölkt de Herr, he is en grote Hallunk, un hett he vördem nich lagen, denn so deit he dat nu. Nee, nee, seggt de Jung, he kann ja sülven mitkamen un sik dar vun oevertügen. Wenn he dütmal lagen hett, seggt de Herr, denn so kost't em dat sin Leven. Do lopen se beid afste', de Bengel vörweg, bet se na de dare Slunk kamen. Dar kann he dat nu sülven seh'n, seggt de Jung.

De Herr kickt dar rum un ward uck bald dat Füer wies, wat dar nedden in'e Slunk brennen deit, un he kriggt uck en gresige Swevelstank in'e Näs, de kümmt vun dar nedden hooch. Dat is ja mal en wunnerliche Kraam, röppt de Herr. Ja, nu süht he dat, he hett de Wahrheit seggt, he hett em nix vörtosmieten. He mutt sik dar mit affinnen, wat he tosett hett un 'nem he nix för wedderkriggt. Un dat is nich wenig, seggt he. Se woe'n man na Huus gahn, un vun nu an schall he uck keen Deerten mehr wahren, he kriggt nu wat anners to doon, dat geiht lichter. Un do gahn se all beid wedder na Huus.

Nu hett he sik för em wat utdacht, wat he de neegste Dag doon kann, seggt de Herr. He schall em tein Leh'n torechtmaken, een för elkeen Knecht. Wenn he se klaar hett, schoe'n se dat Gras up'e Wisch afmeih'n. As de Jung dat hört, ward he rein leeg topass, denn he weet ja, he is keen Smidt un uck keen Discher; man he truut sik uck nich un seggen „Nee".

Denn is dat Avend un se gahn to Bett. Man as allens liggt un slöppt, steiht de Jung up, treckt sik an un söcht na de Dör. He finnt 'n uck un neiht ut, ahn dat een dat wies ward. Denn löppt he so gau, as he man kann, na Huus na sin Vadder un Mudder un vertellt se de heele Geschicht. Natürlich nehmen se em up un versteken em guut. As de boeverste Harder upstahn is, söcht he de Bengel in't heele Huus, man he kann em keen Stä' finnen.

De hört vun nu an na sin Öllern un deit, wat he schall, un he blifft lang' bi se in'e Kaat. Man een Dag seggt he to sin Vadder, he harr rein Lust un verheiraden sik. Dat schall he man leever nalaten, meent de Ole. Nee, seggt de Soehn, as he bi de König sin boeverste Harder deent hett, do hett he de sin Döchter sehn, un de jüngste vun se, de hett he foorts lieden mucht. Nu will he mal sehn, um he ehr nich kann to Fruu kriegen. De Ole meent, he schall doch nich so dummdriest we'n, dat kost't em sachs sin Leven. Man de Jung seggt, he will dat liekers wagen, un seggt to sin Vadder, he schall em en gude Swert mitgeven. Eerst will de Ole dar ja nix vun weeten, man tolezt deit he dat doch un gifft em dat Swert. Do maakt he sik gau up'e Padd un kümmt laat up'e Dag na de boeverste Harder sin Hoff.

He kloppt an'e Huusdör. En lütte Jung maakt up. – De Katenmann sin Soehn will geern mal mit de Herr sülven snacken. – Do kümmt de an, un as he em süht, seggt he, na, he is dat, he hett dat domals ja bannig hild hatt un kamen weg. Man de Nacht kann he liekers dar blieven.

He hett eerst noch wat anners mit em aftomaken, seggt de Bengel un treckt dat Swert. Mit dat dare Swert, seggt he, will he em dör un dör steken, wenn he em nich foorts toseggt un dar en Eed up deit, dat he em sin jüngste Dochter to Fruu geven will. Tja, wat schall de Herr do anners maken as em dar en Eed up doon? Un do geiht he denn rin un fraagt de Deern sülven, um se em hebben will. Un se seggt uck „Ja".

Denn geiht he na Huus un haalt sin Vadder un Mudder, un de gahn uck geern mit em in dat Huus vun sin Bruut. Denn maken se Hochtied, un as de vörbi is, vertellt de Katenmann sin Soehn de Herr vun't Huus, wodennig sik dat allens todragen hett.

De dare Geschicht is uck de König un de Königin to Ohren kamen. Do lett de König de Katenmann sin Soehn ropen, un de mutt em de Geschicht nochmal vertellen. As he de vun em sülven hört hett, maakt he em to sin eerste Minister un gifft em en grote Büdel mit Geld. De Katenmann un sin Oolsch hett he later ganz na sik henhaalt un hett mit sin Fruu glücklich un as rieke Mann levt un is heel oold wurrn.

Wokeen schall de Hoff hebben?

Dar is mal en Buer we'n, de hett dree Soehns hatt, de hebben Michel, Jochen un Hans heeten. Hans is woll en beten wat doesig we'n, man af un to is he uck wedder bannig plietsch we'n. Mal seggt de ole Buer to sin Soehns, de em en Schaapbuck bringt, de schall dat Arv hebben. Man de dörv nich köfft we'n, de mutt stahlen we'n.

De twee Soehns seggen, dat woe'n se sachs kriegen, man Hans woe'n se nich mithebben, de kunn se de heele Kraam vermasseln.

Dar argert Hans sik bannig oever, un he denkt, tööv man, dat woe'n wi eerstmal seh'n. He passt nu up, wonem sin Bröder hen woe'n, un denn löppt he vörut un seggt to de Buer, de de Schaap tohör'n, vundaag kamen dar wecken, de woe'n em en Schaapbuck klau'n. Man wenn he em en Schaapbuck un en Hamer gifft, denn so will he se dat Wedderkamen woll aflehr'n.

Denn man to. Hans nimmt de Hamer un geiht dar in'e Schaapstall mit, sett sik vör dat Lock, 'nem dat Licht rinkümmt, un luert up'e Deeven. Um Middernacht kamen de würklich an. Michel seggt to Jochen, he schall man ringahn, he sülven will buten töven un em denn de Schaapbuck afnehmen.

Do krüppt Jochen denn rin. Man knapp hett he de Kopp in't Lock staken, do kriggt he een an'e Dassel, dat em de Kopp man so brummt. Foorts ward he bölken, Michel schall em ruttrecken, anners stöten de Schaapbücke em de Brägenkasten in.

Michel gifft em een mang de Rippen un fluustert, he schall doch still swiegen, anners will he em gröön un

85

blau hau'n. He is doch en Doesbattel un to nix to bruken, seggt he, he schall em mal rinlaten.

Man Michel geiht dat keen Spier beter, un do moeten se sik wedder afglieden un hebben nix beschickt. Man Hans kümmt mit en Schaapbuck wedder, un denn mutt he ja de Hoff arven.

Man sin Bröder laten se's Vadder keen Ruh, bet he se en nüe Upgaav stellt. Nu schoe'n se de beste Goos klau'n un na Huus bringen. De Bröder seggen wedder, Hans nehmen se nich mit. Man Hans weet, wonem se de Goos halen woe'n, löppt vörut un seggt to de Buer, de de Göös tohör'n, vundaag kamen dar wecken to Göös klau'n. Wenn he em en grote Tang' gifft un en Goos, denn so will he se em woll von't Liev holen.

De Buer gifft Hans, wat he verlangt hett, un do geiht he in'e Stall. To Avend kamen richtig sin Bröder an. Dütmal mutt Michel toeerst rin, denn Jochen seggt, dar vörige Mal hett he ja toeerst rin musst.

Do krüppt Michel denn rin. Man knapp is he mit de Kopp binnen, do knippt Hans em mit de Tang' sodennig in'e Näs, dat he luut um Hülp schrien ward. Un dütmal krüppt Jochen gar nich eerst rin, he neiht foorts ut all, wat he kann. Do kamen Michel un Jochen denn mit leddige Hänne na Huus, man Hans mit en fette Goos.

Man de Bröder laten nich na un triffeleer'n, se's Vadder schall se noch en Upgaav stellen: De dat meiste Geld na Huus bringt, de schall de Kraam arven.

Dütmal laten de Bröder Hans uck mitkamen. All dree nehmen se wat mit. Michel nimmt en Ballig mit Water mit, Jochen en Sack vull lütte Steens, un

86

Hans slept en sware ieserne Dör. Sodennig kamen se in't Holt, as dat al düüster is. Man se sünd bang' vör wille Deerten, un do klarrn se up en hoge Eek. Hans is de ünnerste.

Um Middernacht kamen mitmal dree Hexen up se's Bessens dör de Luft reden mit grote Geldsäcke ünner de Arms, un se setten sik ünner de Eek un woe'n dat Geld tellen. Michel is vör Angst ganz vun sik un lett de Ballig dalfallen up'e Hexen, do meenen de, dat regent vundaag. Nu meent Jochen, se sünd verraden un smitt ganze Hänne vull Steens dal up'e Hexen. Dat hagelt ja bannig vundaag, meenen de. Upmal lett Hans de grote Iesendör dalfallen up'e Hexen, un de sleit se all dree doot. Nu sitt Hans ja toünnerst, un do is he mit een Satz nedden, kriggt sik all dat Geld tosamen un löppt na Huus na sin Vadder. Do oevergifft de em sin ganze Kraam, un Hans is glücklich un riek.

Fidiwau

Dar is mal en fule Mann we'n un en fule Fruu, un de hebben een Soehn hatt, de is so stinkenfuul we'n, he hett uck nich dat allerminnste doon mucht.

Sin Vadder un sin Mudder is dat schietegal we'n, um he to wat nütt we'n is oder nich, wenn he man guut hett diehn wullt; denn se hebben beide grote Stücken up se's Soehn holen.

Un em hett dat uck guut gahn, groot un stark un dick un fett is he worrn un is ümmer lustig un fideel we'n. Blots mit de Arbeit, dar hett he sik düchtig mit vertürnt hatt.

As he denn utwussen is, besnacken sin Öllern sik dat, wat he nu anfangen, wat he warrn schall. Jichens wat mutt dat sachs we'n, denn he mutt doch sin Broot hebben, un dat is to Huus man wat knapp. Man dat weer ja en Sünn un Schann un verlangen vun em, he schall wat arbeiten, dar hett he ja nie nich Lust to hatt, un Lust hört dar ja nu mal to. Do maken se denn af, he schall lostrecken un bedeln. Dat is dat Leven, dücht se, wat an besten to se's leeve Jung passen deit.

Do kriggt he denn en Paas up'e Rügg un en Stock in'e Hand, un sodennig draavt he denn afste'. He lett sik Tied, he hett dat ja nich ielig, un mit Hast mag he uck nix doon, denn mit Hast ward 't en Last. He is en lütte Stück gahn do kriggt he Hunger, un do sett he sik dal in't Gras un vertehrt dat, wat he vun to Huus mitkregen hett, un as he dat up hett, do ward he möö', un do leggt he sik dal to slapen ünner en Boom. As he wedder waak ward, is dat al meist Avend, un em dücht, en lütte Stoot kann he sachs noch gahn, un denn mutt he ja sehn un bedeln jichens en Stä' um en Dack oever de Kopp för de Nacht.

As he sodennig de Weg langtüffelt, kümmt em en Oolsch in'e Mööt. Gu'n Avend, seggt se un fraagt em, wonem he up dal will. He will lostrecken un bedeln, seggt he, un dat schall nu sin Leven we'n, denn he döcht nich för de Arbeit. Vör allen mutt he nu tosehn un kamen na en Stä', 'nem he för en gude Woort en Nachtlager kriegen kann.

Ja, seggt de Oolsch, so'n Stä' kann se em wiesen. He schall man ringahn na de eerste Hoff linker Hand, 'nem he henkümmt. Dar kriggt he sachs en Nachtlager, wenn he man dat deit, wat se em seggt. Ehrer he in de Dör ringeiht, seggt se, schall he en lütte Steen upkriegen, de darvör liggen deit, un schall 'n in'e Tasch steken. Un wenn he rinkümmt, schall he to allens, wat se to em seggen, besten Dank seggen, liekervel, wat dat is. Un wenn de annern all slapen, denn so schall he de lütte Steen up'e Füerste' ünner de Asch leggen, 'nem dat Füer wahrt ward.

„Besten Dank", seggt de Bengel un tüffelt suutje wieder, bet he na de eerste Hoff linker Hand kümmt. He kriggt en lütte Steen up, de dar vör de Dör liggt, un denn geiht he rin. Binnen is en Fruu, de wünscht he gu'n Avend un fraagt, um he dar Nacht blieven kann. Nee, seggt de Fruu, dat geiht nich. „Besten Dank", seggt he. Se hett doch seggt, seggt de Fruu, dat geiht nich, se koenen keen frömde Lüüd upnehmen. „Besten Dank", seggt he nochmal un sett sik dal up'e Bank. Do lett de Fruu em sitten, se will em ja nich jüst rutjagen.

Nich lang', un de Mann kümmt na Huus. Wokeen dat denn is, de dar sitten deit, fraagt he. Dat weet se uck nich, seggt se. De mutt doof we'n up'e Ohren, oder he is en Doeskopp. Se hett to em seggt, he kann dar nich blieven, man he seggt blots ümmerto „Besten Dank" to allens. Do seggt de Mann nix, man he sett sik dal an sin Enne vun'e Disch. Un de Fruu geiht hen un füllt up ut'e Graap, Vörspies un Haupteten, stellt dat vör ehr Mann hen un seggt, nu kann he darvun eten, wat he will; wat dar nablifft, dat will se denn upwahr'n. Na de frömde Bengel kickt se gar nich hen.

„Besten Dank uck, danke", seggt de Bengel un sett sik ran an de Schötteln un haut düchtig rin in Vörspies un Haupteten, un de Mann kriggt dar knapp en Mundvull vun af. De Mann un de Fruu wunnern sik bannig oever de dare Keerl; man seggen doon se nix.

Denn geiht de Fruu hen un maakt dat Bett för ehr Mann un seggt to em, nu kann he sik dalleggen, wannehr he will. „Besten Dank", seggt de Gast, un denn he rut ut sin Plünnen un rup in't Bett; un de Lüüd sünd so verbaast, as se wedder to sik kamen, hören se em al snorken. Un do koenen se dat nich mehr oever't Hart bringen un püüstern em wedder rut ut't Bett. Un do laten se em denn liggen un maken sik dat kommodig up'e Del. As de annern denn all deep in Slaap liggen, do sliekert de Bengel sik rut ut't Bett, geiht hen na de Füerheerd un leggt de lütte Steen dal in'e Asch, un denn leggt he sik wedder dal un slöppt.

Nu hebben de Lüüd dar in't Huus en junge Dochter, dat is en grote, smucke Deern, man jüst utwussen;

un se sünd dat so wennt, dat se morrns ümmer to-
eerst upsteiht un Füer anböten deit. Un dat will se
uck de neegste Morrn doon. Se kriggt de Füerhaak
her, raakt de Asch dör un leggt frische Brennholt up;
man se kriggt dat doch nich anfengt. Do bückt se sik
dal un will puusten, man as se de Lippen spitzen
deit, do kümmt dat ut ehr rut: „Fidiwau, Fidiwau,
Fidiwau-wau-wau." Un se kann nich wedder upholen
un seggen dat dare Woort, un dat Füer kriggt se uck
nich in'e Gang', un do ward se weenen un röppt üm-
merto Fidiwau!

Do ward ehr Mudder waak un fraagt, wat dar los is.
O, Fidiwau, seggt de Deern, dat will nich – Fidiwau-
wau-wau. Na, seggt de Mudder, se kann dat Füer
nich ankriegen, man dar bruukt se doch nich so'n
Stahoi[1] um maken. Un se hooch vun't Bett un hen na
de Füerstä', bückt sik dal, raakt in'e Asch un will bi
un puusten. Fidiwau, Fidiwau, seggt se nu uck un
kann nich wedder upholen, un dat Füer kriggt se uck
nich an.

Do blarrt se mit de Dochter um'e Wett, bet de Mann
dar waak vun ward un fraagt, um se beide sünd dör-
dreiht, dat se sik sodennig tieren. O Fidiwau, Fidi-
wau! ropen se beid as ut een Mund un huulen ut
vulle Hals. De Mann kümmt in'e Beens un süht, se
hebben dat Füer up'e Füerstä' nich in'e Gang' kre-
gen, un dat is dat ja sachs we'n, 'nem se jüst bi
weern. Un do seggt he, ja, ja, de Fruunslüüd hebben
ja man en korte Verstand, un denn maken se so'n
Stahoi um gar nix. Un do kriggt he de Füerhaak faat
un raakt in de Asch un will bi un puusten: Fidiwau,

---

[1] Stahoi = Lärm, Aufsehen (dän. ståhej)

Fidiwau, Fidiwau-wau-wau! seggt he ümmerto, jüst so as de annern.

Do warrn se sik gau eenig, de Dochter schall na de Köster lopen, dat de kümmt un oever dat Füer lesen deit, dat mutt ja verhext we'n. De Deern löppt ja so gau as se man kann liek rin na de Köster un kriggt dat man knapp rut, se schall gröten vun ehr Vadder – Fidiwau! – un Mudder – Fidiwau! – un se laten em seggen, he schall doch man so guut we'n un gau ro-everkamen – Fidiwau! – un oever dat Füer lesen – Fidiwau-wau-wau! De Köster meent ja, de Deern is nich richtig klook, man he geiht doch mit, un as he uck de annern süht un hört, do dücht em ja noch, dat geiht nich mit rechte Dingen to, dar is sachs de Leege mit mang, un de mutt utdreven warrn. He kriggt de Füerhaak her un sleit en Krüüz oever de Asch, un denn spitzt he de Lippen un will bi un lesen. Man wat he nu lesen oder puusten will – em geiht dat uck nich beter as de annern, un he kann nix seggen as Fidiwau! Fidiwau! Un dar blifft he bi mit.

Do mutt de Deern nochmal afste' un roever na de Preester, un se is al heel un deel verbiestert. Se seggt, de Düvel – Fidiwau! – is bi se to Huus los – Fidiwau! – un de Köster hett he al an'e Grund – Fidiwau! – un ehr Vadder un Mudder – Fidiwau! – un de Herr Paster schall doch man kamen un se helpen un oever dat Füer lesen – Fidiwau-wau-wau!

De Preester treckt sik gau sin Rock an, sett de Brill up un nimmt dat Book ünner de Arm un geiht roever mit de Deern. Do finnt he se denn all um'e Füerstä' versammelt, un dar sitt dat Leege in. Dat Füer will nich brennen, un all ropen se dör'nanner: Fidiwau-wau-wau! De Preester sleit dat Book up un kriggt de Füerhaak faat un haut dar in'e Asch mit un will bi un lesen, dat dat man so'n Aart hett. Man dat eerste Woort, wat he seggt is: Fidiwau, Fidiwau, Fidiwau-wau-wau!

Tjä, wat nu? Do fangt de Herr vun't Huus an un stamert un jammert un versprickt, de em dat Leege ut't Huus rutkriggt, de will he foorts sin eenzige Dochter geven, un wenn he mal doot is uck allens, wat he hett.

De Gast dar in't Bett hett dar ja en ganze Wiel legen un dat heele Dör'nanner un all dat dare Fidiwau mit ansehn un anhört. Un dat duert en ganze Tied, bet em en Licht upgeiht, wodennig dat allens tosamenhängen deit. Man as he nu hört, wat de Mann seggt, do jumpt he rut ut'e Puuch. „Besten Dank", seggt he. Un denn kriggt he de Steen ut'e Asch rut un kielt 'n rut ut'e Dör, un denn kriggt he de Deern um'e Hals un drückt ehr een up. Un dat Füer flammt hell up, un all sünd se erlöst un frie vun de dare Hexenkraam. Un dar sünd se all so froh oever, elkeen fallt de Gast um'e Hals un gifft em en Söten; un nu seggen all de annern „Besten Dank".

Un denn ward Hochtied maakt, un de Preester gifft dat Paar tohopen för nix, un de Köster singt darto för nix. Un denn leven se froh un glücklich tohopen. Un sodennig hett de Fuuljack dat doch noch to wat Rechtes bröcht.

Eddelmann un Buer

Dar is mal en Buer we'n, de hett sin Grundherr fraagt, warum dat sodennig is, dat de Eddelmann Herr is un de Buer is Knecht. Dat kümmt darvun, seggt de Herr, dat elkeen Eddelmann en Föder Schächt freten hett. Em hebben se uck tolehrt, seggt he, un em dar fix Schacht bi geven.

Do will de Buer uck en Herr warrn. He fahrt to Holts, haut sik en heele Föder Schächt af, binnt se tosamen in lütte Bünnels un seggt to sin Fruu, dar schall se em mit prügeln. He is ja woll heel un deel unklook wurrn, meent se, wat em denn weg is. Warum se em denn woll hau'n schall. Se schall em man driest dörwamsen, seggt he, un deit se dat nich, denn so will he dat heele Föder Schächt an ehr lütthau'n. He will en Herr warrn, seggt he. Do ward de Fruu mit em schimpen, man he kriggt ehr faat bi de Haarflechten un geiht ehr sodennig to Kleed, dat se nu vör Raasch up em losdöscht. Man so dull se em uck hau'n mag, de Buer ward un ward keen Herr. Blots dat heele Fröhjahr mutt de Stackel nu to Bett liggen, bet sin Wunnen wedder heel sünd.

In't Dörp is dat gau rum, un dar ward düchtig spektakelt oever de Buer: „Kiek to de ole Hallunk, Herr hett he warrn wullt! Nu laat em man sehn, wo he wedder up'e Beens kümmt!" Keen Stä' kann de Buer sik mehr sehn laten, allerwegens lachen se em wat ut. Do seggt he upletzt to sin Naver, nu will he se to Tort eerst recht Herr warrn. He packt sik en Brootknuust in'e Rucksack un wannert rut in'e wiede Welt, he will sin Herrenstand söken.

Do geiht he un geiht ümmer vörföötsch wieder un kümmt toletzt in en ganz, ganz grote Holt togang', un dar kümmt he in so'n Düüsternis, dat he dar nich mehr rutfinnen kann. Do verbiestert he heel un deel in dat dare Holt. Sin Broot hett he al upeten, un he hett nix mehr för sin Smacht. Halv verhungert is he un ganz af. Do markt he upmal de Ruuch vun Appeln. He kickt sik um un ward en Appelboom wies mit feine Appeln, de rüken ganz wunnerbar. He ritt sik wecken dal un geiht bi un eten. Een Appel itt he, denn noch een, wat smeckt em dat mal fein! Un as he bi de drütte Apel is, do markt he, sin Mütz geiht oever sin Kopp tohööcht. He langt dar hen mit'e Hand – do sünd em dree Hoorns wussen! De Buer verfehrt sik degern un süht to un kamen weg vun de dare Appelboom. Man mit de dare Hoorns fallt em dat noch swarer un finnen sik dör dat Düüster. Nich lang', do kann he nich mehr, he fallt dal an'e Grund, un liekers sin Kopp em weh deit, slöppt he bald in.

De neegste Dag ward he wedder waak, do ward he oever sik noch en Appelboom wies. He will uck vun de dare Appeln probeern, denkt de Buer, eendoont, wat darbi rutsuern mag. He itt een Appel – een Hoorn fallt af, he itt noch een – dat tweete Hoorn fallt af, he itt noch een – do fallt uck dat drütte Hoorn af. Nu hett he in sin Rucksack noch wecken vun de anner Appeln, de stickt he nu in'e Tasch, un in'e Rucksack deit he vun de gude Appeln. He biestert denn noch lang' rum, man upletzt finnt he doch rut ut't Holt.

Do kümmt unse Buer na en anner Königriek. Dat is jüst Fierdag, un do geiht he vör de Kirch un will dar wat bedeln. Nu is de König sin Dochter dar jüst in'e Kirch, un se markt, dat rüükt dar ganz dull na Ap-

95

peln, un se schickt ehr Deensten hen, se schoe'n ehr wecken kopen. Man so vel Appeln se uck ranslepen, dat sünd all nich de richtigen. Do ward de Königsdochter dull, se geiht rut ut'e Kirch un lett ehr Kutsch vörfahren. As se do bi de Bedelmann langfahrt, ward dat noch duller na Appeln rüken. De Königsdochter fraagt, wokeen sin Appeln dat sünd, de so fein rüken. Do bringt de Buer se hen na ehr, un se gifft em dar en Goldstück för.

Wieldes de Königsdochter in'e Kutsch fahrt, itt se vun de dare Appeln. Man so vel Appeln, as se itt, so vel Hoorns wassen ehr up'e Kopp, un as se to Huus ankümmt, kann se meist nich mehr ut'e Kutsch rutkamen. De Dokters warrn rapen, un de meenen, een mutt de dare Hoorns affielen. Dat versöken se uck, man do ward de Königsdochter för Gewalt bölken. Tjä, wat nu? Do lett de König utropen: De de Königsdochter heelen kann, de schall Minister warrn. Do mellt de Buer sik. De Dokters kieken em ja wat scheef an, man de König seggt, se schoe'n rutgahn.

Do lett de Buer en Bad torechtmaken un sett de Königsdochter dar rin. Man as de Saak anfangt un warrn ehr langwielig, do gifft he ehr wecke Appeln to eten. Se itt een Appel – een Hoorn fallt af; un sodennig verswinnt een Hoorn na dat anner. As de Dokters dat sehn, woe'n se utneih'n, man se warrn inschappt, un de König lett se uphängen. Man de Buer maakt de König würklich to Minister, un he will em uck sin Dochter to Fruu geven, man de Buer seggt, he hett al en Fruu. Sodennig levt he en ganze Tied in dat dare Königriek. Denn nimmt he sik frie un reist na Huus för un halen sin Fruu. To Huus kennt em natürlich keeneen. Man dat heele Dörp löppt tohopen för un seh'n de Herr, de en Föder

Schächt freten hett. Denn nimmt he sin Oolsch mit un fahrt wedder na sin Königriek, un dar levt he noch as Herr.

Peter un sin falsche Bröder

Dar is mal en Buer we'n, de hett twee Soehns hatt, de hett he in'e Stadt uptrecken laten, denn he hett wat ut se maken wullt. As de beiden utlehrt hebben un vun'e School na Huus t'rüggkamen, freut de Vadder sik bannig. Man de Soehns gefallt dat bald to Huus nich mehr, un do maken se af, se woe'n se's Vadder besnacken, dat he se Verlööv gifft un trecken in'e Frömm, man keen vun se schall dat ahn de anner doon. As se denn se's Vadder vertellen, wat se vörhebben, is de trurig un will dat nich togeven. Toletzt will he een gahn laten, man de anner schall bi em blieven. Man de Soehns blieven bi un triffeleern, bet he toletzt nageven deit. Se schoe'n em blots schrieven, seggt he, as se lostrecken, wenn se dat guut geiht. Wenn se dat leeg geiht, will he dat gar nich weeten. Dat seggen de beiden em to un trecken afste', wied, wied weg na en frömde Land.

Man in'e Stadt sünd se grootsnutig un vörnehm wurrn, un do schamen se sik un seggen, se sünd Buernsoehns. Se maken sik falsche Papiern un geven sik as Grafensoehns ut. Se gahn uck bi de König in Deenst. Man to Anfang kriegen se man so wenig Lohn, dat se dar nich as Grafensoehns vun leven koenen. Do schrieven se an se's Vadder, wo guut se dat geiht, blots se bruken wat Geld, dat se höger rup kamen koenen. He schall se doch man wat schicken, wenn se denn later grote Herrn sünd, woe'n se em dat t'rüggbetahlen. De gude Vadder schickt se eenmal wat, tweemal, dreemal, un sodennig an'e teinmal. Man de Soehns woe'n ümmer mehr hebben. Dat Bedeln nimmt gar keen Enne, un dat T'rüggbetahlen will un will nich anfangen.

Dat is em denn upletzt doch tovel, un he kann so'n grote Summ nich mehr upbringen. Do schrifft he se denn toletzt, sörre se afreist sünd, hebben se noch en Broder kregen, för de mutt he uck sorgen, he kann se nix mehr schicken. Man as se em wedder schrieven, blots noch eenmal schall he se sounsovel schicken – man dat is en ganze Barg –, denn warrn se Ministers un betahlen em allens torügg, do verköfft he Huus un Hoff, dat he dat Geld, wat se verlangen sünd, tohopenkriggt, un do hett he se allens schickt, wat he hett. Sin Soehns warrn in dat frömde Land uck würklich Ministers, man se's Vadder vergeten se. He levt noch föftein Jahr as bedelarme Mann, un as he denn dootblifft, kann he nich mal ornlich begraven warrn. Un de lütte Peter – so heet de Jüngste, de dör sin Bröder sin Arvdeel tosett hett – de mutt al as lütte Jung in Deenst gahn. De Preester hett Mitleed mit em un nimmt em up. He lett em de Göös wahr'n un bringt em uck Lesen un Schrieven bi un gifft em latiensche Böker mit up't Feld, un bi de Göös hett he ja nugg Tied un lehr'n.

Upletzt warrn de beide öllere Bröder dar mal an denken, se kunnen ja mal kieken, wat se's Vadder maakt, um he noch levt. Se rieden afste' mit se's Deeners, man as se dicht bi se's Heimat sünd, laten se de Deeners in en Kroog, dat de nich seh'n un to weeten kriegen, se sünd man Buernjungs. Nich wied vun se's Dörp warrn se an'e Straat en Goosjung wies. Se fragen em, um he nich en Mann in't Dörp kennt, so un so. Och, seggt he, dat is ja jüst sin Vadder we'n, de is vör en Jahrs Tied in't Elend dootbleven. He hett all sin Geld an sin beide öllere Bröder in'e Frömm schickt. Se harrn schreven, se wurrn grote Herrn un wull'n em dat t'rüggbetahlen, man denn hebben se nix mehr vun sik hör'n laten, un do hett

99

he Noot un Mangel lieden musst, un as he dootble-
ven is, hett he nich mal ornlich begraven warrn
kunnt. Do seggen de Bröder to'nanner up Latiensch,
dat is se's Broder, ja, dat is he. Man Peter versteiht
dat allens heel guut.

Denn rieden se to Dörps, se woe'n dat genauer wee-
ten. As se sik denn heel wiss sünd, kamen se wedder
un seggen to Peter, se sünd sin Bröder, un wat se an
se's Vadder versüümt hebben, dat woe'n se an em
wedder guut maken. He schall man mit se kamen, he
schall dat uck guut hebben bi se. Eerst will Peter ja
nich, man toletzt lett he sik besabbeln. Do geiht he
hen na sin Herr un nimmt Afscheed. De Preester
schenkt Peter en lütte Perd, dat he doch uck rieden
kann. Man he behollt sin armselige Goosjungplün-
nen an.

As se neeg bi de Kroog sünd, 'nem se se's Deeners
laten hebben, seggt de eene vun'e Bröder to de anner
– man up Latiensch, dat Peter dat nich verstahn
schall –, he schall man vörut rieden un de Deeners
na Huus schicken un seggen, se hebben al anners
wecken, un denn schall se's Broder dar se's Perde
passen un Knecht spelen. Do ritt de eene vörut un
schickt se na Huus. Peter hett dat ja allens verstahn,
man he deit so, as wusse he dar nix vun af, wat se
snackt hebben. As se na de Kroog kamen, seggen se
to de Kröger, dat is se's Knecht, un to Peter seggen
se, he schall de Perde passen un in'e Stall liggen. De
lett sik nix anmarken un deit allens. Man in't Hart
denkt he, na, dat is denn de Dank an se's Vadder, de
se an em guut maken woe'n. Wenn de dat wüss, he
wurr sik in't Graff umdreih'n.

As se al wied, wied reden sünd un sünd in'e Neegde
vun'e Königsstadt, do snacken de beiden wedder la-

tiensch mit'nanner. Dat is nich guut, meenen se, dat se de dare Pracher mitnahmen hebben, de ward se noch verraden. Do seggen se to em, he schall jo nich seggen, dat he se's Broder is, anners geiht em dat leeg. Stackels Peter seggt se uck allens to. Man se truu'n em doch nich so recht, un as se to Avend oever de Slottsbrügg trecken, seggt de eene to de aner up Latiensch, nu bruken se em ja nich mehr. Se woe'n em man dar in'e Graav schuppen, denn moeten se för nix mehr bang' we'n. Peter hett dat allens hört, man he kann sik nich helpen, denn se kriegen em foorts faat un schuppen em vun't Perd in'e Graav, un denn se nix as rin in't Slott.

Peter nimmt all sin Knoev tohopen un swümmt in'e Graav na't Slott to, un do hett he Glück un kümmt an en Trepp. Nu is jüst in de dare Eck vun't Slott de Königsdochter ehr Kamer, un se sitt jüst mit ehr Kamerdeerns geruhig in'e Stuuv, do hör'n se wat schrien un denn dat Platschen vun'e Bülgen. Foorts röppt se vull Angst, dar is een in'e Slottsgraav fullen. Do lopen de Kamerdeerns mit Fackeln dal an'e Watertrepp un finnen dar stackels Peter, ganz af. De Königsdochter seggt, se schoe'n em foorts frische Tüüg antrecken un denn na ehr henbringen. Dat ward maakt, un as Peter in dat feine Tüüg ankümmt, do mag de junge Königsdochter de smucke Bengel lieden. Do lett se ehr Vadder ropen un seggt, de dare Jung hebben se ut't Water rett't, un wenn ehr Vadder dat recht is, denn so schall dat nu ehr Deener we'n. Dar is de Vadder geern mit inverstahn, denn he kann sin Dochter – he hett man blots dat dare eene Kind – de kann he nich licht wat afslaan. Sodennig kümmt Peter upmal vun dat grötttste Unglück in't grötttste Glück.

De neegste Morrn gahn de beide Ministers, de nu wedder to Huus sünd, na de König to Rapport un kamen denn uck na de Prinzessin. Man wat verfehr'n se sik, as se dar se's Broder Peter in königliche Livree bi de Prinzessin seh'n! Se woe'n foorts bidreih'n un meenen, se sünd nich recht up'e Damm un woe'n en anner Mal wedderkamen. Man de König sin junge Dochter lett se nich gahn, se vertellt se foorts vun dat Glück, wo se de Jung bi Nacht ut'e Slottsgraav fischt hebben un wo se em vun ehr Vadder as Deener kregen hett. Do aten se wedder en beten up, denn se marken, Peter hett ehr noch nix vertellt. Man as se wedder weg sünd, seggen se to'nanner, se moeten sik bald wat infallen laten, anners sünd se verratzt.

Un se laten sik uck foorts wat infallen. Se laten en Slaapdrunk maken un gahn dar to Avend na de Königsdochter mit un seggen, de dare Drunk hebben se vun to Huus mitbröcht, se schall 'n doch mal probeer'n un dar uck ehr Deener vun geven. Do lett se ehr Peter kamen – se denkt sik ja nix Böses – un drinkt, un em gifft se uck wat, un he drinkt uck. Do fallen se beid in en deepe Slaap. Do kriegen de beide Ministers se faat, trecken se ut un packen se tosamen in een Bett. Un denn lopen se na de König un seggen, he schall doch gau mal kamen un kieken, wo wied sin Dochter sik vergeten hett.

De König ja foorts hen, un as he de beiden in't Bett wies ward, röppt he, o nee, wat en Schann! Wodennig kann de dare Schann nu vun sin Huus afnahmen warrn? Do seggen de beide Ministers, dat Beste is un sparren de beiden in en Kist un setten se dar in ut up hoge See. Dat fallt de König ja nich licht un setten sin eenzige, leeve Dochter to, man he seggt dar doch „Ja" to: Weg mit se! Do laten de beide Ministers foorts en grote Kist maken mit en Glasfinster in, leggen dar Tüüg rin för de beiden – för Peter sin armselige Goosjungplünnen – un Broot för en paar Daag. Un denn laten se noch in'e sülvige Nacht de dare Kist up hoge See in't Water smieten.

Dar swümmt 'n nu rum, un de Sünn steiht de neegste Dag al hooch an'e Heven, as Peter toeerst waak ward. Man wodennig em dat geiht, as he sik man eenmal umkickt, dat lett sik ja denken. Man an dullsten deit em de Königsdochter leed, de slöppt ümmer noch. Upletzt ward se uck waak. Mein Gott, röppt se, wonem se denn nu is? As se nu de drange Kist wies ward un markt, wodennig de hen- un her-schaukelt, un as Peter ehr allens vertellt vun sin falsche Bröder, dat de se wiss en Slaapdrunk geven hebben, dat se em un ehr verdarven woe'n, do will se rein vertwiefeln.

Peter begööscht ehr so guut, as he man kann. Denn trecken se sik an un eten en beten, un darna kriggt Peter en Mess her un snittjert an dat eene Finster dat Lock so groot, dat he dar de Kopp rutsteken un kieken kann, wonem se sünd un um dar in'e Neegde nich Land to sehn is. Man he süht nix as Heven un Water.

En paar Daag swümmt de Kist ümmerto vör de Wind. Dat Eten is al all, un nu sünd se bang', se ver-hungern. Man upmal marken se, de Kist sitt up een Siet fast. Peter kickt rut, un richtig, se sitten up Land, man dat süht heel wööst ut. Do marst Peter an dat Lock in'e Kist, bet dat so groot is, dat se beid rut koenen. Denn faten se sik an'e Hänne un swören sik, se woe'n nie nich vun eenanner laten, un denn gahn se ümmer landin. Man keen Stä' is dar wat vun to

103

seh'n, dat dar Minschen wahnen, nichmal en Boom is dar. Denn, hen to Avend, warrn se en en lütte Ellernkratt wies. Möö', as se sünd, leggen se sik dal un slapen bet to Morrn. Do seggt Peter, se schall man ruhig dar in'e Schatten töven, he will los un söken wat to eten. Wenn he bet Middag nix finnt, seggt he, denn kehrt he um, un denn woe'n se mit'nanner starven. Man de Königsdochter is bang', Peter lett ehr alleen, un will uck mitgahn. Man Peter seggt, dat holen ehr Fööt nich ut, denn blifft se em man ünnerwegens doot. Denn will he leever uck dar blieven. Do ward se gewahr, wo ehrlich Peter dat meent, un do deit se, wat he seggt hett. He geiht gau afste' un söcht wat to eten. Man wied un sied finnt he nix.

Hen to Middag is he denn heel verbaast, do süht he en grote Süül vun Steen, de süht ut as en Minsch, un dar ünner en Sittplatz för en paar Minschen, uck ut Steen haut. Do sett he sik en beten dal. Na en Stoot steiht he wedder up un will wiedergahn. Nich wied af süht he en Felswand, de will he sik mal neeger ankieken. Do hört he achter sik een ropen: „Peter!" He dreiht sik foorts um, man dar is keeneen to seh'n, un do will he wedder gahn. Do röppt dat nochmal: „Peter!", un noch en drütte Mal. Um dat gar de Steensüül is, de dar röppt, fraagt he verbaast. Ja, seggt de Steensüül, dat deit 'n. Al en paar hunnert Jahr hett 'n up em luert. Blots he kann 'n erlösen, wenn he genau doon will, wat de Steensüül em seggt.

Dat will he geern doon, seggt Peter. Denn schall he na de dare Felswand gahn, denn geiht dar en Dör in up. Dat is nu jüst de richtige Tied, twüschen ölben un twölf. He schall ringahn, dar hängt an'e Wand en Buddel un en grote Swert. He schall dreemal ut de Buddel drinken, denn kann he dat Swert böhren un

104

bruken. Denn schall he de neegste grote Dör up-
maken. Dar liggt en Draak mit dree Köppe un
slöppt, de schall he mit een Slag all dree Köppe af-
hau'n un denn foorts rutspringen un de Dör dichtbal-
lern. Wenn he dat allens daan hett, schall he ver-
tehren, wat he anbaden kriggt. Man jo nich ehrer,
anners verpasst he de rechte Tied, denn is he ver-
ratzt, un dat ward nix mit Erlösen.

Peter hett sik dat allens guut markt un geiht driest
hen un finnt dar allens jüst so, as em dat seggt
wurrn is. He versöcht foorts un langen dat Sweert
dal, man he kann dat nich mal ut'e Stä' kriegen. Do
drinkt he eenmal un probeert dat nochmal. Do kann
he dat al en lütte been roegen. He drinkt nochmal,
do kann he dat dalkriegen, man dat fallt em ut'e
Hand. He drinkt to'n drütten Mal, do is dat so licht,
he kann dat swunken as en Fedder. Do kümmt dar
en Dwarg mit en lange Baart un hett dat hild un
decken en Disch. He bringt allerhand feine Eten un
Drinken un seggt to Peter, wenn he Hunger hett,
denn schall he man wat eten. Na ja, Hunger hett he
düchtig, man he weet ja, wat de Steensüül to em
seggt hett, un darum geiht he eerst rin na de Draak.
Peter verfehrt sik düchtig, as he dat gresige Undeert
dar liggen süht. Man he kriggt sik foorts wedder in,
haalt wied ut un haut so degern to, dat de Köppe
miteens all an'e Grund liggen. In'e sülve Ogenblick
springt he rut un ballert de Dör dicht. Do haut de
Drakensteert so gewaltig um sik un an de Fels-
wänne, dat allens bevern ward. Denn sett Peter sik
dal un itt un drinkt, un denn nimmt he in en Dook
noch allerhand to eten mit un geiht rut.

Dat hett he guut maakt, röppt de Steensüül em to;
nu is 'n al vun'e Kopp bet na de Bost Minsch wurrn.

Man he mutt de neegste Dag wedderkamen, seggt 'n, noch is nich allens daan. He schall man nugg to Eten mitnehmen för de Königsdochter, dat se nich hungern mutt, man he schall ehr jo noch nix vertellen vun dat, wat he dar sehn un daan hett. Peter versprickt, he will allens up en Prick doon, as em dat heeten is. As he laat an'e Avend wedder na de Ellern kümmt, freut de Königsdochter sik bannig. Se is meist vergahn vör Smacht un vör Lengen. Peter begööscht ehr un seggt, se schall sik man keen Sorgen mehr maken, se verhungern nich, de neegste Dag will he wedder hupenwies Eten bringen. Se harr ja geern wusst, wonem Peter all de dare feine Kraam her hett. Man as he to ehr seggt, he dörv dat nich vertellen, do fraagt se nich wieder.

As he de neegste Dag na de Steensüül kümmt, seggt de to em, he schall wedder in'e Fels ringahn, dreemal ut'e Buddel drinken un dat Swert nehmen. Denn schall he oever de dode Draak in de neegste Kamer gahn, dar slöppt en Draak mit fiev Köppe. De mutt he uck mit een Slag all de Köppe afhau'n, denn kann he wedder eten. Peter seggt, he will dat sodennig maken, un dat deit he uck. De Dwarg deckt wedder de Disch, man Peter itt eerst, as he de Draak mit de fiev Köppe an'e Kant hett. Denn nimmt he wedder Eten un Drinken för de Königsdochter mit un geiht rut. De Steensüül is nu bet ane Buuknavel Minsch wurrn un röppt em to, he hett dat guut maakt. Man he schall de neegste Dag nochmal wedder kamen, dar is noch en sware Stück Arbeit na. Man de Königsdochter dörv he ümmer noch nix vertellen.

As Peter to Avend bi ehr ankümmt, ward se heel vergnöögt. Se hett nu uck dagsoever keen Hunger un Dörst lieden musst. Se schall dat uck de neegste Dag guut hebben, seggt Peter, he hett ehr wedder nugg mitbröcht. Man nu will se geern weeten, wonem dat allens herkümmt. Man Peter vertellt ehr nix, so dull se uck triffeleer'n mag. De neegste Dag will se nich mehr alleen dar blieven, se will afsluut mit. Man Peter seggt nee, dat kümmt gar nich in'e Tüüt, un do ward se wat blarrn, man se blifft dar. As he na de Steensüül kümmt, seggt de, he schall dat wedder jüst so maken as de Daag vörher, he schall in'e Fels ringahn, ut de Buddel drinken, dat Swert faat kriegen un oever de beide dode Drakens in'e drütte Kamer gahn. Dar liggt en Draak mit soeven Köppe, de mutt he uck mit een Slag all de Köppe afhau'n, denn kann he wedder wat eten.

As he in'e Fels rinkümmt, kümmt de Dwarg wedder un hett dat hild un kriegen dat Eten up'e Disch. Man Peter roegt nix an. He drinkt dreemal, nimmt dat Swert un geiht oever de dode Drakens in de drütte Kamer. Man wat verfehrt he sik, as he dat gresige Undeert to sehn kriggt, dat slöppt nu fast un snorkt. Do heet dat, keen Tied verleer'n. He nimmt all sin Knoev tohopen, nimmt dat Swert in beide Hänne un haut so gewaltig to, dat all de Köppe affleegen. Foorts springt Peter wedder rut un ballert de Dör dicht. Man do sleit de Drakensteert so dull an'e Felswänne, dat vun dat Ballern un Bevern meist allens tohopenfallen will. Denn itt Peter wedder wat un nimmt uck wat to eten mit.

As he rutkümmt, is de Steensüül bet an'e Footsahlen Minsch wurrn. Man 'n sitt noch ümmer fast an'e Steen. He hett dat guut maakt, seggt 'n to Peter, man een Deel is noch na, un dat is dat Swaarste. Wenn dat verglippt, denn is all dat anner vergevs we'n, un denn ward 'n nich erlöst. He schall nu na de

Königsdochter gahn un ehr allens vertellen, wat he sehn un daan hett, un schall ehr rüsten för dat, wat morrn kümmt. Denn mutt se uck mitkamen, un wat se denn doon schoe'n is düt: Se schoe'n vun Klock ölben bet Klock twölf, in de Stunn, in de he uck de Drakens dootmaakt hett, dar up'e Steen blangen eenanner sitten un nich upstahn un keen Woort spreken. Springt een vun se up oder seggt uck man een Woort, denn is allens umsunst we'n. Em ward dat licht fallen un holen dat all, man de Königs-dochter nich. Denn ehr ward dat so vörkamen, as wenn in de Tied, de se dar sitten, ehr Vadder un Mudder, ehr Kamerdeerns un de beide Ministers – Peter sin Bröder – dar vörbifahren un mit ehr sna-cken un ehr mitnehmen woe'n. Denn ward se up-springen un antern woe'n, un denn mutt he ehr fast up ehr Platz holen un ehr de Mund toholen, dat dar keen Luut oever ehr Lippen kümmt.

Vull Freud geiht Peter wedder t'rügg un vertellt nu de Königsdochter allens, wat he de Daag vörher be-levt hett un wat de anner Dag för se noch to doon is. De Königsdochter seggt em to, se will sik grote Mööchde geven, dat se dat Erlösen nich tonicht maakt, un de neegste Morrn gahn se mit'nanner hen na de Steensüül. Dat is noch nich ganz Klock ölben, as se dar ankamen. Do fraagt de Steensüül, um Pe-ter de Königsdochter allens vertellt hett un um se allens geern un genau doon will.

Ja, seggt Peter. Denn schall he dar man för sorgen, dat dat uck allens richtig passeert, seggt de Steen-süül. Se schoe'n sik man foorts dalsetten, dat is so-wied. Knapp hebben se sik dalsett, do sleit de Klock ölben, un dat geiht los. Dat duert nich lang', do wiest de Königsdochter mit'e Finger hen un her. Ehr

108

dücht, ehr Vadder un Mudder un ehr Kamerdeerns kamen anfahrt, un se stiegen all ut un kamen na ehr ran un seggen, och, dar is se ja, se's leeve Dochter, denn schall se nu man mit se kamen. Un de Ministers un Kamerdeerns kamen uck na ehr ran un fragen ehr düt un dat. Do vergitt se, wonem se is un wat se schall un kann sik nich holen. Se will upspringen un snacken, man Peter hollt ehr fast un hollt ehr de Mund to. Man se treckt un ritt hen un her, un Peter mutt all sin Knoev bruken, dat se up ehr Platz blifft un he ehr de Mund tohollt. Dat Drakendootmaken is dar de reine Spelkraam gegen we'n. De Sweet löppt em man so vun'e Vörkopp, un he kann dat meist nich mehr utholen. De dare Stunn dücht em en Ewigkeit.

Toletzt sleit de Klock twölf, un knapp is de letzte Slag verklungen, do dunnert dat eenmal ganz gresig, as wenn Heven un Eerde in Stücken fullen weern. De Steensüül is nu ganz Minsch wurrn. He springt dal vun'e Steen, un do is he de König vun dat dare grote Land, un dat wiest sik nu in all sin Herrlichkeit. 'nem vörher allens wööst we'n is, dar stahn upmal feine Dörper un Städer, feine Gaarns mit Springborns. Dar is Musik vun Trummeln un Trumpetten, un ganze Regimenter kamen an in vulle Paraad, un all dat Volk mit de König an'e Spitz kamen vör Peter un gröten em as se's Erlöser. Un de König seggt Peter to, wat he sik wünschen deit, dat will he allens wahr maken. He hett uck en smucke Dochter, de will he Peter geern to Fruu geven, man Peter seggt, he will bi de blieven, de bet nu sin Schicksal mit em deelt hett. Un de is nu um so ehrer inverstahn un warrn Peter sin Fruu, as se süht, wodennig all dat Volk un de König em ehren doon, un wo he um ehr de smucke Königsdochter ehr Hand utslaan hett. Do fiert Peter en grote Hochtied un levt denn bi de König in so'n grote Ansehn, as wenn he de König sin Soehn weer, un all sin Wünsche lett de König wahr warrn.

Dar is al een Jahr rum, do ward de Königsdochter, Peter sin Fruu, vull Lengen an ehr Vadder un Mudder denken, un do seggt se mal to Peter, se wull geern ehr Vadder un Mudder nochmal seh'n. Na, seggt Peter, dat lett sik vellicht maken. Un denn geiht he na de König un vertellt em de heele Geschicht, wodennig se utsett wurrn sünd, un wo sin falsche Bröder, de König sin Ministers, Schuld to dat Ganze hebben. Do ward de König füünsch un seggt, de moeten se's rechte Straaf hebben. He will Peter sin heele Armee geven, dar schall he mit sin Swiegervadder sin Slott belagern un sin Dochter to Fruu verlangen, un he schall drauh'n, he will allens in Schutt un Asch leggen, wenn he ehr nich kriggt. Denn ward toletzt allens an'e Dag kamen, un de Hallunken warrn se's Straaf kriegen, de se verdeent hebben. Sodennig maakt Peter dat denn uck un steiht bald mit en grote Armee vör de Königsstadt un belagert 'n un drauht, he will nich een Steen up'e anner laten, wenn em de König nich friewillig un vun Harten sin Dochter to Fruu gifft.

De König verfehrt sik bannig, as he dat hört, un he lett em seggen, he hett keen Dochter. Man de anner seggt, he weet nipp un nau, dat gifft en Königsdochter, un wenn se nich dar is, denn schoe'n se ehr foorts herschaffen. Ja, wat nu? De König lett sin Ministers kamen un seggt, se hebben em ja raden, he schull sin Dochter an'e Kant bringen, denn schoe'n se nu uck helpen un em raden. Man se weeten nix anners as, he schall man seggen, he hett woll mal en

110

Dochter hatt, man de is vör lange Tied roovt wurrn un umkamen. Sodennig schüht dat uck, man de Fiend lett sik dar nich mit afspiesen. He lett de ole König bestellen, de neegste Dag kümmt he mit all sin Generaals un de se's Fruuns bi em to Gast, un denn will he bi Disch nochmal sin Dochter verlangen, un he is sik wiss, he ward em ehr nich utslaan.

Nu harr de stackels König dar geern sin halve Leven um geven, wenn dat domals nich passeert weer. Man he kann de Tied ja nich torüggdreih'n. Un he schaamt sik uck un gestahn in, wat domals we'n is, un darum sünd em de Gäste ganz un gar nich willkamen. Man an dullsten bang' sünd de beide Ministers, denn se seh'n, se's Verbreken kunn nu an'e Dag kamen. Man se moeten uck mit an'e Tafel, dat hett de anner Feldherr utdrücklich verlangt. Denn is dat so wied. Peter kümmt in Generaalstüüg mit all sin Generaals un de se's Fruuns, un dar is uck sin junge Fruu mang mit ehr lütte Kind. Man se dörv sik nich to erkennen geven, ehrer Peter ehr en Wink gifft. Se setten sik to Disch, man to Anfang is dat so still un eernsthaftig, as weer dat en Truerfier. Do fangt Peter mit sin Generaals an un vertellen allerhand lustige Döntjes un muntern de ole König up. Do vergitt de sin Sorg, un sogar de Ministers verleern se's Angst. Dat duert nich lang', do snacken se uck mit un sünd lustig. Man do kann Peter dat nich länger af un kieken up sin falsche Bröder. Un do fraagt he, wat de verdeent hebben, de se's König ganz schändlich bedragen hebben. Do seggen de Bröder foorts, de hebben verdeent un warrn an'e Steerten vun wille Perde bunnen un dör de Stadt slept.

Ja, ja, ropen se all, dat hebben se verdeent.

Na, seggt Peter, denn will he se foorts mal so'n Hallunken vörföhren. De König hett ja seggt, sin Dochter is em roovt wurrn. Wat nu, wenn se gar nich doot weer, wurrn se ehr denn wedderkennen? O Gott, röppt do de ole Königin, ehr Mudder, wo schull se ehr wull nich kennen, wenn se ehr man eenmal seh'n schull, se hett ja so'n afsünnerliche Plack up'e Bost. Do seggt Peter to sin Fruu, se schall mal na vörn kamen un ehr Bost wiesen. As de ole Königin de Plack süht, de se so guut kennt, fallt se de junge Fruu um'e Hals un kennt ünner Tranen ehr Dochter wedder. De König weet gar nich, wat he seggen schall, he steiht dar as vun'e Blitz drapen. Man de Ministers springen tohööcht un woe'n utneih'n. Aver de Dören sünd besett. Do röppt Peter, se schoe'n se faat kriegen un dat Ordeel, wat se sülven spraken hebben, umsetten. Un de König begööscht he, em will he dat nich nadrägen, denn sin falsche Bröder hebben em wat vörmaakt un vörlagen. Man nu fraagt he em nochmal, um he em friewillig un geern sin Dochter to Fruu geven will.

So'n feine Minsch as em, seggt de König gifft he ehr vun Harten geern, un darto sin heele Königriek; vun nu an schall Peter an sin Stä' dar König we'n.

Do schickt Peter de König, de he erlöst hett, sin Suldaten mit grote Dank torügg un is nu hier König, un he hett mit sin Fruu noch vele Jahren glücklich un tofreden levt.

De kloke Buer

Dar is mal en Buer we'n, de hett een Dag mal sin Acker plöögt, de hett an en Bek legen. He will jüst wedder wennen, do hört he, in'e Bek, dar knurrt un swulert wat. He geiht ja neeger ran, un do süht he, dat is en Voss un en Hekt, de hebben een de anner halv oeversluckt. Oh, denkt he, dat is ja lustig, un dat weer sachs en Spaaß för de König. He will de beiden man so na de König henbringen, denn so kriggt he wiss en gude Drinkgeld. De Buer is ja keen Doeskopp, he kriggt de Voss un de Hekt faat un stickt se in en Sack, un so as se sünd – se koenen ja nich vun'nanner loskamen – sodennig bringt he se hen na de König sin Slott.

De Schildwach will em nich dörchlaten in sin schietige Plünnen un fraagt em, wonem he hen will. He will de König en Voss un en Hekt bringen, seggt de Buer, de hebben een de anner halv oeversluckt. Wenn dat sodennig is, seggt de Schildwach, denn so schall he man ringahn, denn gifft de König em sachs en gude Drinkgeld, man he schall em ok wat afgeven. Ja, geern, seggt de Buer, de Hälfte schall he afkriegen. As he nu wieder geiht, do steiht dar noch en Schildwach, de will em ok nich dörchlaten. Man as he em de Hälfte vun sin Drinkgeld toseggt, do lett he em ringahn.

De König sitt jüst mit sin Herren un Damen to Disch. De Buer kloppt an, un de König röppt „Rin!" Do geiht de Buer rin in'e Stuuv, maakt sin Sack up un seggt, he will em en Voss un en Hekt bringen, de hebben sik halv oeversluckt. Sowat hett de König ja sin Levdag nich sehn, un all de Hofflüüd ok nich, un do moeten se all vun Harten lachen. Do schenkt de

113

König de Buer en Glas Wien in. He schall man eerstmal drinken, seggt he, de Weg is em doch sachs suer worrn. Mit Verlööv, seggt de Buer, vun de dare Beester sünd em sin Hänne so natt un schietig worrn, he wull se woll geern eerst en beten afdrögen. Do röppt de König foorts na een vun sin Hoff-Frolleins un seggt, se schall de dare Mann doch mal en Hanndook halen. Se weet ja woll, seggt he, in sin Kamer, rechts achter de Dör, dar hängt een an'e Haak. Foorts löppt dat Frollein hen, un as se wedderkümmt, do hett se dat Hanndok oever de Schuller hängt. Do nimmt de Buer de eene Timp faat, droögt sin Hänne af un drinkt dat Glas Wien ut, wat de König em inschenkt hett.

Mit de beide Deerten, seggt de König nu, dar hett he em en grote Freud mit maakt. Nu schall he sik man mal en Gnaad utbeden. Tja, seggt de Buer, wenn de König em wat schenken will, denn so schall he em man hunnert Stockslääg geven. Guud, seggt de König un lacht, wenn't wieder nix is, de schall he foorts hebben. Mit Verlööv, seggt de Buer, de dörv he nich mehr annehmen, de hett he eersten de beide Schildwachen toseggt, de dar stahn nedden in'e Hoff. Oever de dare Infall mutt de König nu vun Harten lachen un seggt, he is en drullige Keerl, darum schall he sik noch en anner Gnaad utbeden, de schall em nich afslaan warrn. Na, seggt de Buer, denn so schall he em man de Nagel schenken, 'nem dat Hanndook an hungen hett, 'nem he sik eersten hett de Hänne in afdröögt. Dat geiht klaar, seggt de König. Do kriggt de Buer dat Frollein bi de Hand faat, oever de ehr Schuller dat Hanndook eerst hungen hett, un seggt, dat is de Nagel, 'nem dat Hanndook an hungen hett, de schall sin Fruu warrn.

114

Man dat Frollein tiert sik ja gewaltig un will un will de Buer nich hebben. Do maakt de König, dat he doch jo sin Woort holen kann, de Buer to en Eddelmann, un do nimmt se em.

De starke Hans

Dar is mal en arme Buer we'n, de hett en Barg Jungs hatt, 'nem he sik bannig för afmaracht hett, denn se hebben all en grote Lepel hatt, man keen vun se hett wat verdeenen kunnt. Man as se denn wat grötter warrn, moeten se ut't Huus un sik se's Broot mit se's eegne Hänne sülven verdeenen. De öllste vun se, Hans hebben se em nöömt, is en starke Bengel un finnt bald en Platz bi en Buer. De meent ja, he kann sik en tweete Knecht sparen, wenn he de starke Hans in't Huus haalt.

Foorts de eerste Dag schall Hans döschen, man kiek! All de Döschfloegels sünd Hans to fleedig, he haut se all up'e eerste Slag in Dutt. Do geiht he rut to Holts un maakt sik ut twee grote Böme een, de em passlich dücht. Man mit de dare Döschfloegel hett he bald de Del dördöscht, un de Buer maakt sik nu al Sorgen, wodennig dat dat heele Jahr noch warrn schall mit so'n Knecht. Man för't eerste maakt he blots en sure Gesicht un seggt to Hans, he schall nu mit de anner Knechten to Middag gahn, dat he naher to Holts fahren un Holt för en nüe Del halen kann.

Man bi't Eten sünd Hans de gewöhnliche Lepeln vel to lütt. Do geiht he na Koek, kriggt sik de Kell un fischt dar de annern an'e Disch all dat Fleesch ruckzuck weg. Do ward de Buersfruu jammern, dat se nu för de anner Lüüd nochmal kaken mutt. Man dat nützt nix, Hans is för en heele Jahr annahmen, un de Fruu mutt leever de Mund holen, dat se de Saak nich noch leeger maakt.

Wieldes is Hans mit twee Ossen un en grote Waag rutfahrt to Holts, dat he wecke Böme haalt för de nüe Del. Dar ritt he de gröttste Böme mitsammt de

116

Wuddeln ut'e Eerde un smitt se up'e Waag. Man de Ossen sünd nich kumpabel un kriegen de dare gewaltige Last ut'e Stä'. Do binnt he de Ossen uck noch up'e Waag un treckt allens sülven na Huus. Un dar hett he de nüe Del denn bald ferdig.

Do spickeleert de Buer sik wat ut, wodennig he kann de dare gresige Knecht los warrn. He schall en Soot graven, seggt he to em. As Hans dar nu bi is un arbeiden un is all wecke Fadens deep in'e Eerde, do geiht de Buer bi un slepen mit sin Fruu um'e Wett grote Steens ran un wöltern se up em dal. Do röppt he vun nedden hooch, se schoe'n doch de verdreihte Höhner wegjagen, de klei'n em ümmer Sand in'e Kuul, anners kümmt he mit sin Arbeit nich wieder.

As de beiden baven an't Lock dat hör'n, do weeten se sik gar nich mehr to helpen. Se kieken lang' doesig ut'e Wäsche, do warrn se toletzt en grote Moehlsteen wies, un do woe'n se de ranhalen un dalwöltern. Dat is ja en dulle Ackewars[1] un kriegen de grote, sware Steen vun sin Platz bet an'e Kant vun'e Soot. Man upletzt kriegen se dat doch mit grote Mars[2] torecht. As se 'n dalsmieten, kümmt de Steen jüst sodennig up, dat Hans sin Kopp merrn dör dat Lock geiht un em de Steen up'e Schullern sitten blifft.

Fein! röppt Hans un klarrt ut'e Kuul. Fein, nu hett he en Sünndagskraag, so'n feine een hett he noch nie nich hatt. För Freud hoppt un danzt he en ganze Tied rum as mall, denn leggt he sin Sünndagskraag af un klarrt wedder dal in'e Kuul. Dar kann he denn wieder arbeiden, ahn dat em een stört.

---

[1] Ackewars = Umstände
[2] Mars = Mühe, Anstrengung (dän. mas)

De Buerslüüd sünd nu gresig bang', man do fallt se noch wat in, wodennig se de dare Knecht quiet warrn koenen.

Nich wied af vun't Dörp steiht en Moehl ganz alleen an'e Bek. De de toletzt hört hett, dat is en grote Giezknüppel we'n, un de hett sik vör en Barg Geld mit Liev un Seel de Düvel verschreven hatt. Man upmal is de Möller weg we'n, de Moehl hett still stahn, un keeneen hett sik dar neeger ran waagt, denn dat is dar binnen nich ganz richtig we'n, un de Lüüd hebben sik vertellt, dar sünd nu de Düvels introcken un husen dar.

Na de dare Moehl schicken de Buerslüüd Hans – de weet ja vun de heele Geschicht nix af – dar schicken se em hen mit en grote Waag vull Koorn, he schall dat mahlen. As he bi de Moehl ankümmt, is de Dör fast to. Man binnen pultert un ramentert dat as dull. Hans brickt de Dör up, do hoppen un springen dar swatte Düvels dutzwies vun een Eck na de anner un grienen un bleken mit'e Tähns. Dat maakt Hans splitterndull. Foorts maakt he dat Moehlenschott up, dat de Moehlsteens sik rasen flink dreihn un de Funken man so vuneen fleegen. Denn kriggt he een Düvel na de anner faat un mahlt se all sammts dat Koorn dör, dat dat Mehl heel swatt ward, un as he dar ferdig mit is, geiht he wedder t'rügg na sin Buer. Nu hett Hans eerstmal Ruh vör Anslääg. De heele Winter dör mutt he Steens breken, to wat anners waagt de Buer nich un setten em in.

To Fröhjahr fraagt he de Knecht, um he geiht, wenn he em de heele Jahrslohn utbetahlt. Wiss doch, seggt Hans. Do betahlt de Buer em vull Freud ut, un Hans söcht en Ünnerkamen bi en anner Buer, un he finnt uck bald wat.

Nu hett Hans sin nüe Buer al vun Hans sin Stücken hört, un do meent he, he mutt dat bannig plietsch anstellen. He nimmt em an as Knecht ünner de Bedingen, he mutt allens doon, wat em heeten ward, un wenn he dar dull um ward, denn schall em dat sin Ohren un uck de Jahrslohn kosten. Un ward de Buer dull, denn kriggt Hans de Buer sin Ohren, dubbelte Lohn, un dat Jahr is denn um. Dar geiht Hans geern up in.

De eerste Daag geiht allens guut af. De Knecht arbeid't düchtig, blots bi Disch is he de Fruu recht wat to gau. In'e tweete Wuch mutt he mit de anner Knechten rut up'e Wisch un meih'n. Dar wuracht he as tein annern. Man as dat Tied ward to eten, seggt de Buer to em, se woe'n nu to Middag gahn, un he schall man wieldes nich fuul we'n un düchtig arbeiden.

As Hans dat hört, maakt he grote Ogen. Um he vellicht dull is, fraagt de Buer un grient em spietsch an. Och nee, seggt Hans, keen beten, un arbeid't vörföötsch wieder. Man as de Buer mit sin Lüüd bi't Middageten sitt, geiht Hans in'e Stall, haalt dar twee vun'e beste Köh rut, drifft se na de Slachter un verköfft em de Köh. Vun dat Geld lett he sik in'e Krog düchtig wat to eten geven, un denn geiht he wedder up't Feld an'e Arbeit.

He hett twee Köh verköfft, vertellt he naher de Buer, un hett sik wat to eten geven laten, un he gifft em dat Geld, wat dar na is. De Buer stiggt dat Bloot to Kopps, un he langt na en Hark. Um he vellicht dull is, fraagt Hans. Ach wat, gar nich, seggt de Buer un lett de Hark fallen un langt gau mal na sin Ohren.

Mal verköfft Hans de Perde, denn mal de Swiens, un so ümmer wieder, bet all de Stallen leddig sünd. De Buer ward ja jammern, man he dörv ja nich dull warrn. Do fallt em wat in. He hett fastsett, dat Jahr is to Enne, wenn de Kukuk schriet. Do seggt he to sin Fruu, se schall sik mit Deeg insmer'n, sik denn in en Fedderbett rumwöltern un up en Boom klarrn, un dar schall se denn schrien as en Kukuk.

As Hans de Kukuk hört, löppt he in'e Kamer, laadt sin Flint un schütt de Kukuk vun'e Boom dal. As de Buer dat wies ward, sleit he de Hänne oever de Kopp tohopen un bölkt un schimpt, dat een dat in't heele Huus hören kann.

Um he vellicht dull is, fraagt Hans. Wokeen dar woll nich dull warrn schull, seggt de Buer, eerst verköfft he em sin Veeh, un nu schütt he em uck noch sin Oolsch doot. Na, seggt Hans, denn man her mit de Ohren un dubbelte Lohn, un dat Jahr is to Enne.

De Buer ward bidden un bedeln, he schall em doch de Ohren laten, he will se uck düer betahlen. Allens vergevs. Hans kriggt sin Mess ut'e Tasch un snitt em ritsch, ratsch, de Ohren af, nimmt de dubbelte Lohn un glitt sik denn af mit Singen un Fleuten, dat he sik annerwegens en Stä' söcht.

120

De arme Lüttbuer

Dar is mal en ganz, ganz arme Lüttbuer we'n, de hett nix hatt as en rummelige Kaat för un wahnen in mit sin Fruu, een magere Koh in'e Stall un Smacht un Noot an'e Disch.

Man se hebben all beid flietig arbeid't un hebben sik vör de gröttste Mangel wahren kunnt un hebben faken een to de anner seggt, dat harr noch leeger we'n kunnt. Man toletzt langen uck se's Fliet un Arbeit nich un bewahren se vör dulle Noot, un do weeten se gar nich mehr, wat se nu maken schoe'n. De Kaat verkopen is nich so licht to, denn keeneen will 'n hebben, un se woe'n sachs uck nich geern buten ünner de frie Heven slapen. Un anners, meenen se, hebben se nix, wat se verkopen kunnen, dat se wat Geld in'e Fingern kriegen. As se sodennig an't Nadenken sünd, hört de Fruu de Koh in'e Stall bölken. De hebben se heel un deel vergeten. Do seggt se to ehr Mann, he schall de Koh to Markt bringen, anners hungert 'n ja doch blots doot; he schall man mal tosehn, wat he darför kriegen deit.

De Lüttbuer kriggt sik en Hasselstock un drifft de Koh na't neegste Dörp to, dar is jüst Markt. Man he denkt nich, he kann dar vel för kriegen, so kloeterig as dat dare stackels Deert utsehn deit.

He is noch nich lang ünnerwegens, do bemött he en lütte, ole Keerl in grasgröne Tüüg, de röppt em al vun wieden in'e Mööt, um de dare Koh nich to Koop is. O ja, seggt de Buer, wenn he fein betahlt.

He hett man nich vel Geld, seggt de lütte Keerl un grient em an, man dar – he hollt em en Buddel hen –, um se nich tuuschen koenen. He schall em sin magere Swattbunte geven, un dar kriggt he de Buddel för. He ward dat beleven, seggt he, dat ward em nich leed doon, wenn he em vertruut, mit de dare Buddel hett dat wat heel Afsünnerliches up sik.

De lütte gröne Keerl lett so truuschullig, do mutt de Buer em gloven. Blots wiel dat he de Buddel so laven deit, seggt he, schall he man inslaan, se woe'n tuuschen. Do treckt de Gröne af mit de Koh, un de Buer geiht wedder na sin Kaat, un faken snüffelt he ünnerwegens, denn he kickt ümmerto de Buddel an un ward de Steens nich wies, de up'e Weg liggen.

As he na Huus kümmt, wunnert de Fruu sik bannig, dat he sin Hannel so gau maakt hett. Se lett em knapp to Woort kamen un fraagt, wat he denn kregen hett för de Koh.

Man as de Buer de Buddel up'e Disch stellt un ehr vertellt, wat de lütte gröne Keerl to em seggt hett, do is se Weenens neeg un maakt en lange Gesicht, dat he so dumm is un elkeen Doeskopp gloven deit. Do ward de Buer uck unruhig, he nimmt de Buddel vun'e Disch, stellt 'n wedder hen un brabbelt vor sik hen, harr he man wat Geld un wat Ornliches to eten.

Man knapp hett he dat seggt, do klingelt un kloetert dat, un do liggt dar en grote Hupen Dalers up'e Disch blangen wecke dampen Foet, un de beiden weeten gar nich, wodennig dat togeiht, un maken grote Ogen.

Na en Stoot, as he sik en beten verhaalt hett, so verbaast, as he is, do seggt de Buer, dat helpt se ja nich, wenn se dar rumstahn un laten dat Eten koold warrn. De lütte gröne Keerl hett doch recht hatt, meent he, as he seggt hett, mit de dare Buddel hett dat wat heel Afsünnerliches up sik; darum woe'n se em man uck vun Harten hoochleven laten. Man de Fruu hett nix Ieligeres to doon as klei'n de harte Dalers up en Dutt. Denn sett se sik uck dal an'e Disch, un denn eten se, dar is dat Enne vun weg.

Do is de arme Buer riek wurrn un levt froh un glücklich un hett keen Mangel. Elkeen snackt vun de dare Wunnerbuddel un harr uck geern een hatt.

Do geiht de König mal up Reisen dör sin Land. He kümmt uck na dat Flach, 'nem de dare Buer wahnt, un do denkt he, he will dar mit sin Hoffstaat en Tiedlang blieven. Man sin Hofflüüd ward de Saak langwielig, un do will he se wat upmuntern un en grote Festeten geven. Dar ward allens upstellt, dat dat so prachtvull ward, as dat man geiht, man de König dücht dat allens noch to ring. Allens wat he deit schall königlich we'n. Darum freut he sik, as he vun de dare wunnerbare Buddel hört, un oeverleggt, wodennig he de an sik bringen kann. He lett de Buer ropen un bütt em en Barg Sülver un Gold för de Buddel.

Tja, denkt de Buer, dat weer ja nich verkehrt; man wat he maken schall, wenn he de Buddel verköfft, oeverleggt he. De Saak is doch to un to raar.

Man de König blifft bi un dibbern un seggt em ümmer noch mehr Gold to, bet he inverstahn is. Foorts maken se de Proov mit de Buddel, un do wunnern de König sin Lüüd sik gewaltig oever de prachtvulle Tafel, so vel un so wat Feines hebben se nichmal in'e Först sin Residenz to eten kregen. Sogar de König sin Schatzmeister, de hett ja eerst en sure Gesicht maakt, as dar so vel Geld wegslept wurrn is för en beten Glas, de kickt nu heel tofreden.

123

Un de Buer lett sik dat guut gahn mit sin Goldvöss, he laadt sin Navers in to eten un schlampampt jüst so dull as en Graaf oder de König sülven. Un wenn sin Navers hier un dar mal wat seggen, dat en grote Graav sik lenz maken, man nich so licht wedder vull maken lett, denn seggt he ümmer, och, se hebben dat ja, anners warrn em de Dalers ja man muchelig.

Wieldes kümmt de Broder Lustig dar gar nich achter, dat sin Kist ümmer leddiger ward, un as he dat toletzt wies ward, sleit he sik vör de Kopp un wull geern wedder na de lütte gröne Keerl un maken en Tuusch. Ja, upletzt is dat so wied, dat he nix mehr hett as en dröge Koh in'e Stall un de rummelige Kaat. Wat nu? De Buddel is verköfft, dat Geld verslampampt. De lütte Keerl kann he nich finnen. Un em dücht dar gar nix um, dat de Navers em to Tort de rieke Buer nömen un oever em lachen. Man to, denkt he, he mutt man wedder sin Koh verkopen – vellicht kümmt de lütte gröne Keerl ja doch nochmal un bringt em en Buddel. He will't doch tominnst versöken.

Denn man los – he geiht verdreetlich in'e Stall un denn mit de Koh to Markt. Man he is noch nich lang' ünnerwegens, do bemött he jüst an desülve Stä' as vörher de lütte gröne Keerl, un jüst so geern as do, man mit en smerige Grientje, sleit de em vör un tuuschen de Koh gegen de Buddel. Dat nimmt de Buer geern an.

Vull Freud klabastert de Buer nu oever Stock un Steen na Huus un freut sik al up de feine Braa', de he sik nu kriegen will. Knapp is he to Huus ankamen, 'nem sin Fruu vör Freud meist nix seggen kann, do mutt de Buddel in'e Gang'. Man wat sünd se verbaast un verfehr'n sik: Statts dat Eten un de harte Dalers hoppen dar twee gewaltig grote Riesen ut'e Buddel. Do woe'n se utneih'n, man de Riesen laten se nich ut'e Dör, se gahn up de stackels Buerslüüd dal un vermöbeln se mit'e Füüst to Straaf, dat se allens verfumfeit hebben.

De dare Geschicht kümmt wied un sied rum in't Land, un toletzt hört de König dar uck vun. Do will he de dare Buddel uck kopen, dat he sin Hofflüüd mal een bipuhlen will. He lett de Lüttbuer na sik henkamen un köfft em de Buddel för en Barg Gold un Sülver af, un dar hett de uck ganz un gar nix gegen. He freut sik un geiht wedder na sin Kaat. De lett he nu nü upbuun un fangt en betere Weertschopp an.

De König lett sin Hofflüüd nich lang' luern un wiest se, wat dat mit de nüe Buddel up sik hett. He laad't se all to Disch, un na dat se düchtig wat vun de eene Buddel kregen hebben, schoe'n se uck de anner de Ehr andoon.

De ganze Sellschop is jieperig, wat dar nu woll kümmt. Man dat warrn se bald gewahr, denn de Riesen pulen se ganz gresig wecken bi, un all de Gäste lopen afste' un weg mit en grön un blaue Rügg, un wenn se nich stahn bleven sünd, denn so lopen se sachs noch.

De Buerndochter

Dar is mal en Prinz we'n. Ümmer, wenn he sik up'e Platz vör sin Stuuv wuschen hett, hett he liek oever-vör en Buerndochter sehn, de is bannig smuck we'n. Nu sünd to de Tied de rechte Adel de Buern we'n, un do snackt de Prinz mit ehr un seggt: „Gu'n Dag, Bu-erndochter." Un se seggt: „Wünsch ik uck, Prinz un königliche Herr." He kümmt in Snack mit ehr un fraagt, um se sik nich up'e grote Jahrmarkt drapen woe'n, de is jüst in'e Gangen. Dat will se nich; man se fraagt ehr Vadder um Verlööv un gahn hen. Un dar sliekert se sik in'e Kroog in de Stuuv, 'nem de Prinz Nacht blieven schall. As se de Prinz vertellen, dar is en Fruunsminsch in, seggt he, dat is ja fein. He geiht in'e Stuuv un süht en heel smucke Deern, man he kennt ehr nich. Do maakt he dat Licht ut, un se sünd de heele Nacht tohopen.

De neegste Morrn fröh treckt se sik an un will weg-gahn, un do fraagt de Prinz ehr, wat se to Andenken an de dare Nacht hebben will. Se will geern dat Swert hebben, seggt se, un wat schall de Prinz ma-ken? He gifft ehr dat.

En ganze Tied later grötet de Prinz de Deern wedder up desülve Aart: „Gu'n Dag, Buerndochter." Un se seggt: „Wünsch ik uck, königliche Herr." Um se nich de neegste Dag to Karms[1] gahn un sik dar mit em drapen will, fraagt he. Se seggt nee, man se geiht doch hen un kriggt dat sodennig hendreiht, dat se dar blifft, 'nem de Prinz slapen schall. Nu is dar all en Barg Tied vergahn, un se hett heemlich en lütte Jung kregen, de mutt se groottrecken, un de süht de

---

[1] Karms = Kirmes, Jahrmarkt

126

Prinz bannig liek. Wedder löppt allens af as dat Mal vörher, un as dat fröh an'e Morrn is, seggt de Prinz, se schall man seggen, wat se hebben will. Se will nix hebben as de Lievreem, de he umhett, seggt se. As een sik denken kann, kriggt se wedder en lütte Jung.

Dat drütte Mal ward se na en wiede Sandstrand henbestellt, un do geiht se dar hen un dröppt dar de Prinz, man he weet nich, dat se de Buerndochter is. Uck dütmal fraagt he, wat se hebben will, un do seggt se, se will geern sin Klock hebben. Un as ehr Tied rum is, kriggt se en lütte Deern, de treckt se mit de Prinz sin beide anner Kinner groot.

Mal seggt de Prinz to ehr, he will sik verheiraden, um se nich to sin Hochtied kamen will. Se seggt nee, man an de Dag vun'e Hochtied geiht se up't Slott mit ehr dree Kinner, een mit dat Swert, dat anner mit de Lievreem un de lütte Deern mit de Klock. Se laten ehr rin, un se geiht na de Tafel ran. Do ward de Prinz de dree Geschenken kennen, de he vergeven hett, ahn dat he wusst hett, an wokeen, un he süht, de Kinner sehn em liek. Na't Eten seggt he, elkeen schall en Geschicht vertellen, un he will de Anfang maken.

Do seggt he, dar is mal en Mann we'n, de hett en gollne Sloetel verlaren, un do hett he sik een vun Sülver kregen, dat he de hett bruken wullt. Man denn is dat mallöört, he hett de Sloetel, de he verlaren harr, wedder funnen, un nu schoe'n se em mal seggen, wat för een he nu bruken schall, de vun Gold oder de vun Sülver.

All ropen se, de vun Gold, de eerste. Do steiht de Prinz up, haalt de Buerndochter, de sitt dar an'e Eck vun'e Disch, un he seggt, ehr will he to Fruu nehmen, un de dare Gör'n sünd sin Kinner, de hett he verlaren hatt. Denn fiern se munter wieder, un vun dar gahn se hen un laten sik vull Freud tohopengeven.

De doesige Michel

Dar is mal en Buerfruu we'n, de hett een Soehn hatt, Michel, de is nie nich wieder kamen as vun'e Disch na de Kachelaben. Toletzt denkt se, se mutt em doch man mal in'e Welt schicken, un do seggt se to em, he schall rutgahn na de Diek un Water halen. Ja, wiss doch, seggt Michel, man wonem de Diek denn is. Wenn he ut'e Huusdör geiht, seggt se, denn schall he man de Stieg in'e Gaarn liekut dal gahn, denn finnt he 'n to linker Hand. Do maakt Michel sik foorts up'e Padd, he finnt uck würklich Huusdör, Gaarn un Stieg un kümmt na de Diek. As he do de Ammer wedder ruttreckt, springt dar en grote Hekt rut un seggt, he schall 'n doch wedder in't Water rinsmieten, he will em dat uck danken. Um he denn seggt hett, dat 'n rutspringen schall, seggt Michel, denn schall he uck man sülven tosehn un springen wedder rin. Man de Hekt blifft bi un pranseln, un toletzt seggt he Michel to, wat he sik wünscht, dat schall wahr warrn, wenn he 'n man blots in't Water smieten will. Do deit he dat denn, snappt sik sin Ammer un geiht wedder na Huus.

Nu hett he buten an'e Diek güntsiet wied weg en Huus sehn, dat glinstert düchtig as idel Sülver un Gold, un do fraagt he sin Mudder, wat dat dar güntsiet för'n Huus is, wat een vun'e Diek ut sehn kann. Dat is de König sin Slott, seggt sin Mudder, dar wahnt he in mit de smucke Prinzessin. As Michel hört, dar wahnt en smucke Prinzessin, do denkt he, he will doch mal pröven, um de Hekt hett de Wahrheit seggt, he wünscht, dat de Prinzessin wat Lüttes hebben schall. Dat duert nich lang', do schall de Prinzessin würklich wat Lüttes hebben, un as de König dat to weeten kriggt, ward he splitterndull un schimpt un schandeert. Man se swört em hooch un hillig to, dar is keeneen bi ehr we'n, dat mutt denn al in'e Slaap passeert we'n, man de König will dat nich gloven. Upletzt kümmt se to liggen un kriggt en lütte Jung, un wo se de Vadder sin Naam nich weeten, nömen se em na sin Opa.

As de Jung nu grötter ward, markt he bald, de Opa is nich sin Vadder, un do fraagt he em, wokeen sin Vadder is. He hett keen Vadder, seggt de Ole. Och, wat schull he woll nich, seggt de Jung, elkeen Minsch hett ja doch en Vadder, man vellicht kennt he em ja blots nich. Do mutt de ole König denn ingestahn, en Vadder hett he woll, man keeneen weet, wokeen dat is. Do seggt de Lütte, he schall man tostellen to en grote Gastbott, denn so will he em al rutkennen. Dat deit de König denn, un do kamen all de Ministers, Generaals un mehr so'n Keerls ut de König sin Länner tohopen, de Lütte geiht se all de Reeg rum un kickt elkeen nipp an. Man dat duert nich lang', un he kümmt na de König torügg un seggt, dar is sin Vadder nich mang, he mutt en grötter Gastbott anstellen.

Do lett de König all sin Off'zeerers un Raatslüüd un uck wecken vun'e vörnehmste Börgers tohopenkamen. De Bengel geiht wedder mang se rum, man dar finnt he sin Vadder uck nich. Do seggt he to de König, he schall en Allmannsbott utgahn laten, denn will he sin Vadder al finnen. Do kamen denn all de Börgers un Buern ut't heele Land tohopen, un as Michel sin Mudder dat hört, seggt se, Michel mutt uck hen na dat feine Slott, de König hett Bott an all Lüüd utgahn laten. Nu hett Michel anners keen Tüüg as man en schietige Teerjack un en ole dreetimpige Hoot, man sin Mudder vijoolt dat up so guut as dat geiht, un do geiht he denn to Hoff.

As se nu all in grote Flocks versammelt sünd, löppt de Lütte ümmer mang se rum, un dat duert nich lang', do blifft he bi Michel in sin Teerjack un mit'e dreetimpige Hoot stahn, treckt em an'e Hand na de König un seggt, dat is sin Vadder. De König will dat eerst nich gloven un seggt to de Lütte, he hett sik sachs versehn, man de blifft dar stief un fast bi, Michel is sin Vadder. Do will de König meist bassen vör Raasch, un he seggt, he will nu nich Vadder, nich Mudder un nich Kind bi sik beholen. He lett foorts en grote Glaskugel göten mit en Schruuv, dat een dat Dings upmaken kann, denn lett he Michel, sin Dochter un de Lütte dar rinbringen, lett se all up't Water setten, un denn swümmt de Kugel up'e wiede See.

Se sünd sodennig al en ganze Stück swummen, un de Königsdochter sitt trurig dar, dat se so'n Vadder to ehr Kind funnen hett un nu sachs elennig krepeer'n mutt, do wünscht Michel sik, se schoe'n an en Insel kamen, un foorts sitt de Kugel uck al fast an een, basst vuneen, un all dree kamen dar heel un risch rut. Denn wünscht Michel sik en feine Slott mit en Barg Bedeenters un all Gebüden, de dar tohör'n, un foorts is allens dar. Do is de Prinzessin al beter tofreden, Michel wünscht sik feine Tüüg, un do levt he dar lange Tied mit sin Fruu un sin Kind. Man toletzt ward de Königsdochter ümmer duller lengen na ehr Vadder un ehr Tohuus. Mal vertellt se dat ehr Mann, do wünscht de sik en Brügg na ehr Vadder sin Riek, un foorts steiht dar een, ümmer umschichtig een Balk vun Gold un een vun Sülver. Denn setten se sik all in en feine gollne Kutsch un fahren oever't Water

na de ole König sin Slott. De sin Raasch is foorts ver-
flagen, as he to weeten kriggt, wo fein sin Dochter
sik noch kamen is, un do leven se glücklich un to-
freden bet an se's Enne.

De Wunnerfleut

Dar is mal en junge Swienharder we'n, de hett so'n gude Fleut hatt, wenn he dar up spelt hett, denn is allens wahr wurrn, wat he sik wünscht hett. Mal is he mit sin Flock Swiens an'e Landstraat; he spelt up'e Fleut un sin Swiens danzen. Do kümmt dar en rieke Koopmannsdochter de Weg langs. Se wunnert sik dar oever, dat de Swiens danzen, un do will se de Jung en Swien afkopen. De Jung will ehr uck woll een verkopen; man denn schall se em ehr Gesicht wiesen.

Dar is de Koopmannsdochter mit inverstahn. Se sleit ehr Sleier torügg un wies de Jung ehr smucke Gesicht. Denn lett se dat Swien na sik na Huus bringen. Nu luert se dar up, dat dat Swien danzen schall, man dat danzt nich.

De neegste Dag beswert se sik bi de Jung: Dat Swien vun güstern danzt gar nich. Ja, seggt de Jung, dar is wat an, dat dare Swien danzt nich guut, man de annern danzen beter. Do will de Kooopmannsdochter foorts en anner Swien kopen. Geiht klaar, seggt de Jung, wenn se em ehr Hals wiesen will, denn so kriggt se en Swien, dat danzt. De Koopmannsdochter wiest em ehr Hals, denn kriggt se en anner Swien. To Huus vertellt de Jung sin Herr, de Wulf hett dat Swien haalt.

De Koopmannsdochter luert, dat dat Swien anfangen schall un danzen, man süh mal kiek! Dat Swien deit nix, wat anner Swiens nich uck doon. De neegste Dag geiht se wedder hen un beklaagt sik bi de Jung, dat Swien will nich danzen. Do seggt de Jung, dat Swien kann nich alleen danzen, se schall man noch en drütte een nehmen, dat danzt an allerbesten. Denn danzen se all tohopen, seggt he.

De Koopmannsdochter fraagt, wat dat Swien kosten schall. Se schall em ehr Hals wiesen, seggt he, bet dal na de Arms. Do wiest se em dat, Un do ward he wies, ünner de eene Arm hett se gollne Haar, ünner de anner sülverne. Un denn gifft he ehr dat drütte Swien.

To Huus vertellt de Jung sin Herr, de Baar hett dat Swien haalt. Do jaagt de Herr em weg, denn he sett ja Dag för Dag en Swien to.

Do glitt de Jung sik af un spelt ut Schau[1] up sin Fleut. Do süht he en Waag ankamen, dar sitten dree Männer in. De Jung spelt sin Fleut un denkt: De Perde schoe'n danzen un de Herr'n sik in'e Wull kriegen! Foorts fangen de Perde vör de Waag an un danzen, un de Herr'n in'e Waag kriegen sik dat Hau'n. Man de Perde lopen ümmer wieder.

Nich lang', do kümmt dar wedder en Waag bi de Jung langs, dar sitt en Herr in, un en swatte Hingst is vörspannt. De Jung spelt up sin Fleut un denkt, de dare Herr schall em mitnehmen.

Foorts hollt de Herr dat Perd an un röppt de Jung in sin Waag. He fraagt em, um dar nich jüst en Waag langkamen is mit dree Herr'n in. Ja, wiss, seggt de Jung, de is dar vörbikamen, man de Herren hebben sik streden.

Wat schull'n se woll nich, seggt de Herr, se fahren all veer hen un woe'n um de Koopmann sin Dochter

---

[1] Schau = Spaß (dän. sjov)

anholen. Un nu strieden se sik, wokeen vun se de Koopmannsdochter kriegen schall.

Wieldes kamen se bi de Koopmann sin Huus an. Do seggt de Jung, he will mit rinkamen in'e Stuuv un ünner de Disch krabbeln. Wenn se bigahn un eten, denn schall he em man en paar Mundvull ünner de Disch henlangen. Dat seggt de Herr em to.

De anner Herr'n sünd al in'e Stuuv un maken se's Gesichter un Tüüg rein vun't Bloot. De, de mit de Jung kamen is, heeten se an fründlichsten willkamen. Se setten sik denn dal an en feine Disch to eten. Bi't Eten langt de Herr de Jung ünner de Disch uck ümmer mal wat hen.

Na't Eten seggt de Koopmann, blots de kriggt sin Dochter, de seggen kann, wat för'n afsünnerliche Teekens se hett. De Jung ünner de Disch seggt, sin Dochter hett ünner de eene Arm gollne Haar un ünner de anner sülverne. Do seggt de Herr foorts, um se dat nich hört hebben, dat hett he seggt. Man de Koopmann sin Dochter hett düütlich hört, de Stimm is ünner de Disch rutkamen. Do kieken se na, se finnen de Jung ünner de Disch un fragen em, um he dat seggt hett. Ja, seggt he driest, dat hett he. Un denn sett he foorts de Fleut an un denkt, de Kooopmannsdochter schall em leev hebben.

Foorts seggt de Koopmannsdochter to de anner Herrn, de dare Jung hett seggt, wat ehr afsünnerliche Teekens sünd, darum will se em to Mann hebben. De Koopmann is dar mit inverstahn, man de Friers trecken mit dulle Köppe af. Denn kriggt de Jung feine Tüüg an. De Hochtied duert in eensen weg soeven Daag un Nachten. Dar ward düchtig eten un drunken, Musik maakt un danzt. De Jung laadt uck sin Herr vun vördem in to Hochtied, man de kümmt nich.

As de Koopmann denn later dootbleven is, hett de Jung all sin Geld arvt. To de Tied is denn uck de Jung sin Fleut verswunnen. Man de bruukt he ja uck nich mehr, he is ja so al riek nugg.